LES

JEUNES ARTISTES

LES

JEUNES ARTISTES

2ᵐᵉ SÉRIE IN-4°

19/4
49

La diligence entrait dans la grande ville (page 197)

Mme ULLIAC-TRÉMADEURE

Les Jeunes
Artistes

TRENTE-CINQ GRAVURES

LIMOGES
EUGÈNE ARDANT & Cᵉ

ÉDITEURS

LE

JEUNE SCULPTEUR

Prosper s'abandonnait au mille pensées... (page 13)

LE JEUNE SCULPTEUR

I. — LE PETIT BERGER

Dans le village où Prosper était né, on croyait
beaucoup à l'influence des noms. Quoiqu'il y eût
deux ou trois *Aimés* ou *Aimées* qui trouvaient le
secret de se faire détester, et plusieurs *Félix* qui
n'étaient pas heureux, chacun s'étonna singulière-
ment des malheurs dont *Prosper* Dumoulin fut
accablé dès sa naissance, lui à qui ses parents, son
parrain, sa marraine avaient dit : *Prospère!*

Prosper était venu au monde à la plus belle époque de l'année, dans le temps des moissons; il
avait eu pour parrain le propriétaire de la petite

9

ferme que son père faisait valoir; pour marraine
une belle dame de la ville voisine... Huit jours
après le baptême, qui avait été *magnifique*, au
dire des commères, Prosper était enlevé, comme
par miracle, aux flammes qui dévoraient la ferme;
sa mère mourait de saisissement; son père, pré-
voyant que le peu qu'il possédait allait devenir la
proie des gens de loi, car on lui demandait compte
des bâtiments d'exploitation détruits par l'incendie, succombait, jeune encore, à tant de douleurs;
et Prosper, orphelin, n'avait plus pour ressource
et pour soutien qu'une femme jeune et pauvre,
chargée de famille, qui était venue la première offrir
le sein à l'enfant sauvé si miraculeusement des flammes.

Marianne s'attacha d'autant plus à son nourris-
son, qu'il était plus malheureux, c'est-à-dire plus
abandonné de tous les siens. Dans la nombreuse
famille du fermier et de sa femme, nul ne se souciait d'adopter l'orphelin; on faisait des promesses
pour l'avenir, mais pour le moment on le laissait
à Marianne, et Marianne le regardait comme un sep-
tième enfant que Dieu lui donnait à aimer, à élever,
de même qu'elle élevait et aimait tous les autres.

Michel le bûcheron, mari de Marianne, ne voyait
pas au contraire de trop bon œil cet *étranger* auquel
il ne devait rien, et qui venait diminuer la part, déjà
si petite, du pain quotidien. Pour soutenir lui et les
siens, Michel s'engageait comme journalier lorsqu'il
ne pouvait trouver de besogne meilleure, et Marianne
filait sans relâche. Avec des ressources si bornées, et
quoique les besoins ne soient pas aussi multipliés au

village qu'à la ville, il était difficile d'arriver jusqu'à la fin de l'année sans avoir fait quelques petites dettes; et, à mesure que Prosper avançait en âge, Michel se montrait plus dur pour le pauvre enfant. Il le privait parfois de dîner ou de souper en punition de quelque espièglerie qui ne méritait pas un châtiment si sévère.

Prosper, tout jeune qu'il était, sentait l'injustice de son père nourricier; il ne se plaignait pas, il ne pleurait pas, du moins lorsqu'on le voyait, mais il disait sans cesse : « Quand je serai plus grand, je m'en irai bien loin, bien loin! » Déjà même il serait parti, si la pensée du chagrin qu'en éprouverait Marianne ne l'avait pas retenu.

Il aimait sa nourrice comme savent aimer seulement les âmes fortes, avec une sorte de passion profonde, mais peu expansive. Témoin des mauvais traitements qu'elle essuyait de son mari qui était naturellement violent, Prosper contenait avec peine l'expression d'une naïve indignation, et souvent il disait à Marianne : « Mère, quand je serai plus grand, vous ne pleurerez plus. Je m'en irai tout seul bien loin, et quand j'aurai gagné beaucoup d'argent, je viendrai vous chercher; et alors nous irons à la ville, et vous aurez de belles robes, de beaux bonnets; et mes frères seront des messieurs, et mes sœurs seront des demoiselles... » Il s'arrêtait là. Si Marianne lui disait . « Mais ton père, tu n'en parles pas? »

— J'y pense pourtant, répondait l'enfant, d'un air grave. Je lui donnerai aussi de l'argent... Mais il ne viendra pas avec nous pour me punir quand je ne l'ai pas mérité, et pour vous battre quand il est allé au cabaret. Oui, il aura de l'argent, et il pourra aller au cabaret tant qu'il voudra, mais il ne sera pas *ensemble* avec nous.

Marianne ne pouvait ébranler, sur ce sujet, la résolution de Prosper.

« Je sais bien qu'il ne me doit rien, répondit-il aux représentations de sa nourrice. Je sais bien qu'il a raison de dire que je mange le pain de ses enfants; mais ce n'est pas ma faute. Vous, vous ne me le dites pas, ma mère! Et puis je travaille tant que je peux à faire des fagots : Ce n'est pas non plus ma faute si je ne suis pas plus grand ni plus fort; et pourtant, à cause de cela, il me bat!... Oui, il aura de l'argent quand j'en aurai; mais il ne sera pas *ensemble* avec nous ! »

Prosper était le moins turbulent de tous les enfants du village. Il s'en faisait aimer et obéir par l'effet d'une intelligence au-dessus de son âge, et par un caractère de fermeté mêlée de bonté, qui ne se démentait en aucune circonstance. C'était Prosper qui inventait des jeux : c'était lui qui *trouvait remède à tout*, comme disaient ses camarades; et si le dimanche, à l'église, les fils des riches fermiers reprenaient, par leurs beaux habits et par la place qu'ils y occupaient, toute leur suprématie, partout ailleurs, dans les bois, dans les champs, sur la place du village, Prosper était le premier entre tous, le plus courageux, le plus adroit, le plus intelligent, le maître enfin.

Un parent éloigné de sa mère se sentit honteux, un beau jour, de laisser cet enfant à la charge de pauvres gens, et Prosper devint berger chez lui. Alors, pour Prosper, satisfait de gagner son pain par son travail, commença une vie toute nouvelle. Il n'avait que dix ans à cette époque, mais il était doué richement par la nature ; et, pendant les longues heures qu'il passait à errer dans la campagne avec son troupeau, des facultés, jusqu'alors ignorées, se développaient en lui.

Echappé à un joug de fer qui l'assujétissait à tout instant à des travaux rudes, il n'avait pu s'abandonner encore aux rêveries dont son âme sentait le besoin ; maintenant il rêvait. Prosper ne connaissait rien du monde ; il ne savait rien de ce que le génie de l'homme ou son industrie a su tirer du néant ou transformer à sa fantaisie ; et, cependant, en lui parlait un instinct si vif et si droit, qu'il se trouvait amené à faire de véritables *découvertes*. Elles étaient mêlées sans doute de bien des erreurs nées de son inexpérience et de son ignorance ; mais c'étaient des *découvertes* pourtant, puisque rien n'avait contribué à le mettre sur la voie, et qu'il *devinait* des choses qu'il n'avait pu apprendre.

Un des lieux favoris où il aimait à aller rêver en plein soleil était une prairie peu éloignée de la grande route. Pendant que le troupeau paissait sous la garde des chiens, Prosper, assis sur le bord d'un fossé, s'abandonnait aux mille et mille pensées que lui suggérait la vue d'un voyageur qui arpentait à grands pas la route ; d'un roulier marchant lentement auprès de ses chevaux ; d'une diligence chargée de voyageurs ; d'une chaise de poste qui passait avec la rapidité de l'éclair, en soulevant d'épais nuages de poussière. Prosper les suivait du regard aussi longtemps qu'il pouvait apercevoir, et se laissait entraîner encore bien au delà par son imagination. Elle les lui

montrait traversant les champs, les villes, les villa-
ges, sans pouvoir jamais arriver à la fin de leur course,
parce que le *monde est sans fin*. Que d'aventures pendant le voyage! Assurément, aucune de ces aven-
tures-là ne ressemblait à celles qui arrivent journellement; elles appartenaient toutes à ce monde de
chimères dont le souvenir fugitif échappe à la
mémoire lorsque, plus tard, on veut le rappeler et
jouir de ce vague délicieux qui enivrait alors.

Tout en rêvant, Prosper découpait avec son couteau des brebis, des chiens, des *bons hommes* même
dans des morceaux de bois de peuplier; et, chaque
jour, ce qui sortait de ses mains devenait plus remarquable; aussi, chaque jour, prenait-il un plaisir plus
vif à une occupation à laquelle il devait encore de
pouvoir se procurer, par des échanges avec d'autres
enfants de son âge, les bagatelles dont il avait envie.
Parfois il avait des *commandes*, et plus d'une *Notre-
Dame*, sortie de ses mains, ornait la haute cheminée
de quelque maison du village.

Un autre que Prosper se serait contenté de succès
assez productifs; mais en lui parlait autre chose que
le désir de gagner, soit un collier de cuir pour son
chien favori, soit des fruits, du pain blanc, du laitage,
une paire de sabots, un chapeau de paille presque
neuf : cette autre chose qui parlait si haut, c'était ce
qui fait les artistes, ce qui les pousse en avant, toujours en avant, aux dépens de leur intérêt même;
c'était enfin... le génie. Oui, Prosper avait du génie,
le génie de sculpteur. Ce génie guidait déjà sa main
novice. S'il y avait eu dans le village quelqu'un de
capable de juger ce que produisait le petit berger, ce

quelqu'un aurait pu croire que ces statuettes, moins
admirables pour le fini du travail et pour la délicatesse
des traits que pour la justesse des proportions, que
ces animaux si bien modelés et si heureusement saisis
dans leurs habitudes, dans leurs allures, étaient l'ouvrage d'un enfant de dix ans, et que cet enfant avait
appris seul à exécuter ce genre de travail.

Dans les *livres*, jamais il ne manque d'arriver un
grand événement pour révéler *au grand homme* son
génie et pour lui ouvrir une carrière; dans la vie
réelle, l'événement le plus simple suffit, et la destinée
change. Prosper devait en faire l'épreuve; mais il
devait apprendre en même temps que cette destinée
dépend en quelque sorte de nous-même, de nos effe.ts,
de notre travail, et que le hasard qui nous révèle
notre talent est un avertissement inutile et parfois
dangereux, si nous ne réunissons pas toutes nos forces pour triompher des obstacles dont la route, quelle
quelle soit, est toujours semée.

Le jeune modeleur se mit gaiment en route (page 25)

II. — Le jeune mouleur

Prosper, un matin, en traversant un petit bois dans
lequel il lui arrivait souvent de s'oublier, sans trop
s'inquiéter si ses moutons ne profitaient pas de l'occasion pour brouter les jeunes pousses des arbres,
entendit de loin une voix qui chantait, mais non pas
comme on chante au village. Cette voix, à la fois forte
et légère, faisait retentir les échos de sons inaccou-
tumés.

Le petit berger s'arrête, puis il fait un pas, encore
un autre, et il arrive ainsi non loin d'un buisson qui
sortait des fentes de quelques rochers s'avançant en
saillie au-dessus de l'eau limpide du ruisseau. C'était
sous cet abri qu'il lui arrivait de se réfugier les jours
d'orage ; mais, cette fois, la place était occupée par le
chanteur. Prosper écarte un peu le feuillage, avance,

avance encore... Bientôt son attention se fixe tout entière sur ce qu'il voit, et il cesse d'entendre les roula-
des, les cadences qui continuent cependant sans
interruption.

Autour du chanteur, âgé tout au plus de quatorze
ans, étaient épars quelques outils, des sébiles de bois,
de vieilles gravures en lambeaux, des fragments de
petites statues et de vases antiques. Assis sur ses
talons, il maniait et remaniait de la terre grisâtre dans
l'une des sébiles, puisait de l'eau avec une autre, la
mêlait à la terre d'où il retirait soigneusement les
graviers, rejetait ensuite une partie de cette eau pour
en mettre de nouvelle, et, quand la terre qu'il maniait
ou pétrissait sans discontinuer lui paraissait suffisamment lavée, il l'ajoutait à un tas assez gros de la même
terre qui était auprès de lui.

Pendant ce temps, les échos ne cessaient de répéter
le refrain d'une chanson en langue étrangère revenant à la suite de chaque couplet, et ils disaient, avec
les modulations les plus variées :

Nina, Nina, Nina, Nina, non dir di no !

Le lavage de la terre terminé, le chanteur nettoya
soigneusement ses sébiles ; ensuite il prit une grosse
boule de cette terre qui n'était autre chose que de
l'argile et recommença à pétrir, mais sans se servir
d'eau cette fois : de temps en temps il regardait les
gravures éparses autour de lui, les fragments de bustes, de statues, et quoique son chant fut toujours
également soutenu, on pouvait s'apercevoir qu'il n'y
portait plus la même attention.

Soudain il se lève, saisit son bâton de voyage terminé en pointe comme un pieu, l'enfonce en terre
avec le secours d'une pierre, et le coiffe de la boule
d'argile qui bientôt s'allonge sous ses doigts et semble se découper en formes de plus en plus déter-
minées.

A mesure que la besogne avance, le chanteur ne
chante plus que par intervalle; il siffle. Peu à peu il
cesse même de siffler, tant ses facultés sont tout ab-
sorbées par le travail qu'il exécute. Prosper éprouve
le même effet; lui, il ne chantait pas, il ne sifflait
pas, mais il respirait; il retient son haleine...

Sous les doigts agiles du jeune chanteur, l'argile
s'arrondit en forme de tête; cette tête se coiffe d'un
petit chapeau à trois cornes; le cou se modèle et s'entoure du collet d'uniforme; la cocarde et la ganse se
détachent sur le chapeau, les boutons de l'habit se
dessinent sur la poitrine...

Tout à coup le jeune chanteur court au ruisseau,
puise de l'eau avec sa main, semble boire et revient
aussitôt; mais il se tient à distance et fait jaillir de ses
lèvres, en une sorte de pluie fine, sur le buste qu'il
s'occupe à modeler, l'eau qu'il a prise dans sa bouche; ensuite il se remet au travail et il déploie une
activité toute nouvelle. Cette fois il se sert tour à tour
des espèces de couteaux de bois semés sur le gazon
autour de lui. Ces couteaux présentent diverses formes : les uns sont aplatis par le bout, les autres sont
comme festonnés dans toute leur longueur, les autres
sont garnis d'espèces de petites dents plus ou moins
fines. Et les traits de la figure se dessinent; les mas-
ses de cheveux se détachent, se divisent; les torsades

des épaulettes et de la ganse du chapeau se creusent et se sillonnent. Tantôt, avec l'outil appelé *ébauchoir*, qui a la forme d'une spatule, tantôt avec les doigts, le jeune chanteur polit l'argile... Soudain il s'écrie : « *Corpo di Bacco! eccolo* (1)! » Il se met à distance, examine, par-devant, par-derrière, le buste qu'il vient de modeler, en le faisant tourner selon le besoin, sur son pivot; et content de lui-même, il reprend ses chants, mais sans ralentir en rien son activité.

Il verse de l'eau, puis une poudre blanche très fine dans une de ses sébiles, qu'il a eu soin d'enduire avec de l'huile; avec de l'huile il enduit également le buste qu'il vient de terminer, et prenant un gros pinceau, il le trempe dans la sébile qui contient une sorte de bouillie liquide, et couvre le buste d'une couche blanche. Cette opération absorbe à tel point l'attention du jeune mouleur, qu'il ne chante plus. Il l'exécute avec minutie, et pourtant avec vitesse. Dès qu'elle est terminée, il cherche dans son bissac, en retire une pelote de gros fil, et avec ce fil, en partant du bas du buste par-derrière, il trace une ligne qui divise le buste en deux parties égales, car cette ligne suit régulièrement les contours du chapeau, du front, du nez, de la bouche, du menton, du cou, de la poitrine. A peine a-t-il fini, que, sans perdre un instant, il étend sur tout le buste une seconde couche blanche plus épaisse que la première. Cela fait, il se remet à pétrir de la terre. Mais bientôt il revient au buste, l'examine quelques instants en silence, prend le fil par les deux bouts, le soulève avec force, et par-

(1) Par Bacchus! le voilà!

tage ainsi en deux le masque blanc. Il passe un peu d'huile dans toute la longueur de la coupure, en se servant, pour cette opération, de la barbe d'une plume d'oiseau que le vent a fait voler vers lui, et il se remet à travailler l'argile en chantant plus gaîment encore.

Lorsque le masque blanc lui parut suffisamment pris pour pouvoir manier le buste, il étendit sur le gazon une vieille toile, enleva le buste avec précaution de dessus son pivot et le coucha soigneusement à terre.

Presque à l'instant le pivot est coiffé d'une nouvelle boule d'argile, qui s'allonge beaucoup plus que la première sous les doigts du mouleur; il consulte souvent des yeux une vieille gravure suspendue devant lui à une branche d'arbre, et qui représente deux vases antiques de formes différentes La copie de l'un des vases faite, le jeune mouleur prend ses mesures, marque légèrement les divisions et sculpte sur le bord et au pourtour des ornements. Il se sert tour à tour de ces couteaux de bois connus des mouleurs sous les noms d'*ébauchoir*, de *ripe*, d'*échoppes*, et les cannelures des bords du vase se découpent, le pampre de vigne qui court plus bas et tout autour se modèle, se détache du fond.

Le vase terminé, le jeune mouleur recommence les mêmes opérations que pour le buste; et le vase, couvert à son tour d'une enveloppe blanche divisée en deux par le moyen du fil, va prendre place auprès du buste. Un autre vase, tout pareil, est bientôt modelé; au vase succèdent des figures burlesques que le jeune modeleur fait de tête et sans consulter aucune gravure. Il lui arrive souvent de rire comme un fou en

contemplant ses *grotesques*, auxquels il adresse une
foule de mots pleins de gaîté, sans doute, mais que
Prosper ne peut comprendre.

Ce pauvre Prosper! il est là, immobile, sans haleine,
sans voix, les joues enflammées, les yeux brillants,
le cœur palpitant; son sang bouillonne, sa tête fer-
mente; il ne sait ce que c'est qu'un mouleur, qu'un
sculpteur, qu'un statuaire, et pourtant il sent qu'il
est tout cela; il croit que lui, aussi, il serait capable
de faire même bien au delà de ce qu'il voit faire! Et
pourtant il admire ce jeune homme; il éprouve pour
lui une sorte de respect qu'augmentent ces accents
étrangers qui pour la première fois viennent aujour-
d'hui frapper son oreille. C'est un être à part, un être
mystérieux et tout ensemble merveilleux.

Le jeune mouleur continue cependant ses travaux.
Armé d'un couteau long et effilé, il sépare adroite-
ment en deux, et en suivant avec soin la coupure faite
par le fil, et le buste, et les vases, et les figures grotesques; puis il se sert de ce même couteau et d'un
crochet de fer pour retirer l'argile encore molle; elle
sort de la croûte dure et blanche qui l'enveloppe,
comme la noix sort de sa coquille, et en conservant
quelquefois toutes ses formes.

Prosper ne conçoit rien au dédain avec lequel le
jeune étranger foule aux pieds ces débris de son premier travail; débris qu'il irait recueillir avec tant de
joie s'il osait se montrer; mais il ne l'ose pas. Prosper
est timide, et puis il aurait peur de passer pour un
voleur.

Le jeune mouleur recommence ses chants. Il agite
en cadence une espèce de blutoir dans lequel Prosper

a cru lui avoir vu mettre de la farine ; cette farine, c'est encore du plâtre déjà tamisé et qui a été pris dans un sac à moitié vide que contenait le bissac. Mais Prosper, qui n'a jamais quitté son village, où la plupart des maisons sont bâties en terre et en moëllons non taillés, sans recrépissage, ne connaît qu'à peine de nom les matériaux qui servent ailleurs à la construction de la maison la plus simple ; et comme il n'a pas eu l'occasion de *voir*, et encore moins de faire des questions, il n'est pas avancé du tout en fait d'*industrie*, même ordinaire. Quant au blutoir, c'en est bien un en effet qui contient dans l'intérieur un *pas de soie*, ou tamis, à travers lequel doit passer le plâtre qu'on emploie pour le moulage des figures.

De temps en temps, le jeune mouleur ouvre son blutoir par le bas et vide dans une sébile le plâtre tamisé ; il ôte celui qui est resté dans le dessus du tamis et en remet d'autre ; de temps en temps aussi il quitte sa besogne pour aller examiner ses *creux à coquille* et se bien assurer qu'il n'est resté dans l'intérieur aucune parcelle de terre.

Le tamisage finit avec le plâtre. Alors le jeune mouleur commence à huiler avec ses doigts l'intérieur des *masques*, en réunit les deux parties, les maintient ensemble par le moyen de bandelettes d'étoffes de diverses couleurs, et recouvre d'argile la coupure dans toute sa longueur. Quand tous ses moules sont ainsi préparés, il commence à gâcher le plâtre, le laisse prendre un peu, puis le verse en bouillie liquide dans un des moules renversés ; c'est-à-dire que c'est par le bas qu'il remplit le creux du buste, et par le pied qu'il remplit le creux des vases et des grotesques.

Il a soin d'agiter, à mesure qu'il verse, chaque moule, afin que le plâtre se répande bien partout et pénètre jusque dans les plus petites moulures.

L'activité que le jeune mouleur déploie en cette circonstance est plus grande encore que celle dont il a fait preuve précédemment; mais le plâtre lui manque, et, dans un mouvement d'humeur, il casse et foule aux pieds le moule qu'il ne peut remplir. Prosper jette un cri involontaire..... Le jeune mouleur tourne la tête du côté d'où ce cri est parti; le feuillage épais du buisson lui dérobe la vue du petit berger qui, tout honteux, s'est retiré un peu en arrière... Le jeune mouleur reprend sa besogne. Avec beaucoup d'intelligence il a su trouver dans le gazon une place convenable pour chacun de ses moules qu'il soutient, à l'aide de branches d'arbres et de cailloux, dans une position perpendiculaire et la partie inférieure en l'air.

Prosper s'était rapproché. Depuis près de trois heures il avait passé de surprises en surprises; mais son étonnement fut plus grand encore lorsqu'il vit le jeune inconnu dépouiller du moule le buste, les vases, les *grotesques*. Avec la pointe de son long couteau, le jeune mouleur soulevait la moitié du creux qui se détachait assez promptement et tombait par morceaux à terre; le même couteau servait ensuite à *parer*, c'est-à-dire à effacer les traces du joint formé par la ligne de division du moule. A mesure, chaque figure était placée sur une planche que Prosper n'avait pas remarquée jusqu'alors; elle se trouvait comme hérissée de plusieurs pointes en bois destinées à entrer dans l'ouverture inférieure des bustes et des vases et à les maintenir en équilibre.

Toutes les pointes dont la planche était munie ne furent pas garnies de figures, il s'en fallait beaucoup; mais le plâtre avait manqué.

Le jeune modeleur, en un clin d'œil, eut nettoyé outils, sébiles, et réuni ses dessins, ses gravures; il renferma le tout dans son bissac, prit ce bissac sur son épaule, plaça la planche sur sa tête et se mit gaîment en route pour gagner le grand chemin.

Prosper le suivit de loin assez longtemps; il aurait voulu ne pas perdre si tôt de vue ces figures fabriquées sous ses yeux, ou du moins en obtenir une... Non, jamais il n'avait senti si profondément sa misère! C'était pour les vendre que ce jeune inconnu les avait moulées... et Prosper était si pauvre, qu'il n'avait rien du tout à offrir en échange, à défaut d'argent!...

Les aboiements de ses chiens le rappelèrent soudain à la pensée de son devoir. Deux ou trois fois ils étaient venus le tirer par sa veste comme pour lui demander ses ordres..... Prosper revint sur ses pas, courut au ruisseau, recueillit précieusement tous les débris qu'il put trouver, en remplit ses poches, son sac, et conduisit enfin son troupeau au pâturage accoutumé.

C'est toi qui a fait tout çà ! (page 30)

III. — Le talent

A dater de ce jour, les rêveries de Prosper et ses amusements eurent un but déterminé. Le hasard, en le faisant assister aux travaux de l'un de ces jeunes mouleurs italiens qui parcourent toute l'Europe à différentes époques de l'année, et qui donnent parfois quelques grands artistes, avait imprimé une direction à sa pensée. Cette pensée n'allait point au delà de l'ambition de faire de petites figures et de reproduire à son tour le petit buste du grand homme ou de tout autre. Prosper ne songeait même pas au parti qu'il en pourrait tirer plus tard ; à onze ans, on n'a pas la vue bien longue ; on vit au jour le jour, sans souci du lendemain, et dans la jouissance ou dans la souffrance du moment présent.

D'ailleurs, bien des essais fort malheureux au-

raient suffi ̣ ᵖ ᵗ ᵉᵗ Prosper s'il n'avait eu en
tête que des idées de gain, et non de ces idées d'artiste
qui donnent des forces pour surmonter les obstacles
et du courage pour vaincre les difficultés.

Déjà très habile à découper le bois, il s'était fait
des ébauchoirs, des ripes, des échoppes, sans se douter qu'il avait fait des échoppes, des ripes, des ébauchoirs, car il ne savait pas le nom de ces instruments
fort simples; il avait réussi non moins bien, à force
de patience et de persévérance, à creuser des espèces
d'augets; il s'était procuré de cette terre grisâtre dont
il y avait des couches abondantes non loin du ruisseau; mais que d'essais infructueux, que de tentatives inutiles avant d'être parvenu à préparer convenablement la matière première! Pour le pauvre
Prosper tout était à inventer, à découvrir!

Tandis qu'il pétrissait l'argile, sa tête travaillait.
Un vague instinct lui disait qu'on pouvait faire autre
chose que ce qu'il avait vu faire; il aurait voulu
tailler dans la pierre, dans la terre durcie, comme il
taillait dans le bois avec son couteau. Il s'essayait
sur les arbres, il les dépouillait de leur écorce, et il
sculptait des figures plus ou moins bizarres; puis il
revenait à modeler en terre : c'était là les deux occupations principales de sa vie, ses travaux de tous les
jours, ses amusements, ses plaisirs les plus chers; et
personne pour l'encourager, pour lui dire : « Va toujours! » Cependant il allait, le pauvre Prosper!

Entre les rochers, il avait découvert une espèce de
niche, et cette niche s'enrichissait journellement de
quelque nouveau *trésor*. Souvent il passait des journées entières à examiner le fruit de tant de peines; il

se critiquait lui-même ; il comparait les statues qui ornaient l'église aux copies imparfaites qu'il en avait faites, et, sans pitié, il détruisait ce qu'il trouvait trop défectueux, pour travailler sur nouveaux frais. Long-temps il s'était désolé de ne pouvoir se procurer du plâtre ; car il savait enfin ce que c'était que cette matière blanche avec laquelle le jeune étranger avait recouvert comme d'un masque ses ouvrages d'argile, et coulé ensuite des figures dans ces masques. Ayant recueilli quelques débris, Prosper les avait montrés à un camarade bien plus *instruit* que lui, et il avait appris quelques-unes des propriétés du plâtre. Cepen-dant il se consolait de ne pouvoir s'en procurer, parce qu'il comprenait qu'avant de reproduire des figures en plâtre, il fallait que les figures en plâtre fussent bien faites.

Ce qui sortait depuis quelque temps des mains de Prosper était si remarquable, que quiconque l'aurait vu eût pu douter si c'était bien l'ouvrage d'un pauvre petit berger âgé d'un peu moins de douze ans, ne sachant ni lire, ni écrire, n'ayant pas reçu la moindre notion du dessin, et l'on n'aurait pu s'empêcher de s'étonner, et peut-être même de penser que cet enfant avait été aidé ou du moins conseillé. Mais aucun en-couragement ne venait, comme une rosée bienfai-sante, seconder ce jeune talent que le hasard avait mis sur la voie, et pourtant les jours ne s'écoulaient pas inutilement pour lui : Prosper faisait des progrès réels.

Un matin, plus content de lui que de coutume, il se décida à prendre sa mère adoptive pour confidente de ses travaux.

Quelle ne fut pas la surprise de Marianne lorsque, le lendemain, étant venue au rendez-vous que Prosper lui avait donné dans le petit bois, auprès du ruisseau, elle vit la belle collection de figures grandes et petites, de bustes, de vases de toutes les formes qui étaient sortis des mains de son *fieux !*

« Sainte Vierge ! dit-elle avec l'expression de la joie la plus vive, c'est toi qu'as fait tout ça ! Mais qui donc est-ce qui t'a donné une idée comme ça ? »

Prosper raconta l'*aventure* dans laquelle le jeune étranger jouait un si grand rôle. Il était bien heureux d'avoir quelqu'un à qui confier ce dont sa tête était si pleine et son cœur si oppressé !

— Pourquoi que tu n'm'en as pas parlé plus tôt ? s'écria Marianne.

Prosper ne sut pas dire le pourquoi. Il était devenu presque sauvage depuis qu'il vivait dans les prairies, dans les bois, absolument seul avec ses chiens et son troupeau ; et ce qu'il redoutait aujourd'hui plus que jamais, c'était de se trouver en relations avec son père nourricier. Il ne le voyait qu'un moment chaque dimanche, et ce moment suffisait à lui donner du chagrin pour quelques heures au moins. Les excès auxquels Michel s'abandonnait augmentaient sa mauvaise humeur et son injustice habituelle envers cet enfant, qui ne lui était plus une charge, mais contre lequel il conservait une sorte de rancune à cause des bontés que la pauvre Marianne avait eues pour lui pendant tant d'années.

Prosper obtint sans peine de sa nourrice qu'elle ne dirait pas à Michel ce qu'elle avait vu, et qu'elle n'en parlerait même à personne.

Mais quelques jours après, elle *prêcha* tant et si bien, comme disait Prosper, qu'elle l'amena à consentir à ce que M. le curé fût instruit de la manière dont il employait son temps, tout en gardant ses moutons.

« Qui sait, disait-elle, si M. le curé ne fera pas quelques petites choses pour toi! quand ça ne serait que d'écrire à ton parrain ou à ta marraine! Moi, j'ai dans l'idée qu'il en résultera des choses... là, des choses!... enfin, tu verras! »

Prosper, après avoir consenti, voulut se dédire; mais Marianne ne le permit pas. Avec son imagination de femme et son amour de mère, elle sut éveiller des idées toutes nouvelles, des espérances jusqu'alors inconnues; et Prosper, la rougeur sur le front, lui confia ce qu'il y avait de mieux dans sa collection de figures, pour le faire voir à M. le curé.

— Mais il faut que le curé me les rende, entendez-vous, ma mère! répéta-t-il plusieurs fois.

— N'aie pas peur, il te les rendra, répondait Marianne.

— C'est que, voyez-vous, je ne suis pas sûr d'en pouvoir faire de pareilles.

— Tu feras mieux que ça; c'est moi qui te le dis!

Et Marianne s'éloigna, laissant ouvert devant son fils un champ immense de rêves et d'espérances.

Le bon curé était un de ces ministres de Dieu qui prêchent d'exemple autant que de paroles. Né paysan, il n'avait pas eu l'occasion d'étendre beaucoup ses connaissances. En sortant de chez son père, il était entré au séminaire; en sortant du séminaire, il était revenu au village. Mais, s'il ne pouvait passer pour

savant ni pour connaisseur en quoi que ce fut au
monde, il avait du moins une de ces belles âmes qui
ne se lassent point des plaintes du malheur, et qui
croient n'avoir jamais rien fait aussi longtemps qu'il
reste encore à faire.

Marianne ne venait pas souvent l'importuner de
ces plaintes; c'était le bon curé qui allait chez elle lui
porter des consolations, du courage, et toujours elle
était accueillie au presbytère avec une bonté paternelle.

Marianne, avant de montrer ce qu'elle tenait caché
dans son tablier, raconta aussi brièvement que possible l'*aventure* du petit bois. et enfin, d'un air de
complaisance, elle étala sur la table de petites statues
d'hommes, de femmes, de moutons, de chèvres, en
regardant attentivement quel effet cette vue produirait sur M. le curé.

Elle dût être contente, car il s'extasia et se récria
de surprise. Alors, sans perdre un moment, Marianne
dit qu'il lui semblait possible de faire mieux qu'un
berger de Prosper Dumoulin, et qu'elle osait attendre de la bonté de M. le curé d'en écrire au parrain de
cet enfant, puisque lui-même l'avait remarqué lors
des exercices pour la première communion.

« Certainement que j'écrirai à M. Raimond! répondit le bon prêtre. Le doigt de Dieu est dans tout ceci!
Il y est même si clairement, qu'il est possible qu'au
lieu d'écrire, car je ne manie pas très bien la plume,
j'aille en personne à Reims. »

A ces mots, Marianne se confondit en remercî-
ments, et, le soir, elle guetta son *fieux* au passage
pour lui dire la bonne nouvelle.

Prosper n'en dormit pas de la nuit. Marianne avait ajouté en le quittant : « Si tu pouvais faire la figure de M. le curé, aussi bien que tu as fait celle de saint Hubert qui est dans la chapelle à droite de l'église en entrant, c'est çà qui les *suffoquerait* tous! » Et toute cette nuit, la première qu'il eût passée absolument sans sommeil, Prosper eut sans cesse devant les yeux le gros nez de M. le curé, son double menton, ses grosses joues et son front chauve tout sillonné de rides; car le curé avait une de ces figures dont les traits prononcés semblent faits tout exprès pour exciter l'artiste à essayer son talent pour la ressemblance, et déjà plus d'une fois Prosper avait songé à le *pourtraire;* mais il n'avait pas osé.

Encouragé par les paroles de sa nourrice, il prit le lendemain M. le curé pour modèle, et il demeura stupéfait en voyant avec quelle promptitude et quelle vérité sa main obéissante reproduisait l'image dont sa mémoire était remplie.

Pouvant à peine croire à ce qu'il venait de faire, Prosper s'essaya à reproduire les traits de Marianne; mais il ne put y réussir. Marianne avait une de ces figures douces qui ne présentent rien de saillant, et que la mobilité d'expression rend continuellement différentes d'elles-mêmes; mais, pour Michel, il fut modelé avec la plus grande vérité. Son large nez, ses sourcils saillants et rapprochés, ses yeux petits et enfoncés, ses grosses lèvres, son menton fuyant se dessinaient sous les doigts de Prosper avec une rapidité inexprimable, et il eut peur, oui, peur, à la vue de ce qu'il venait de faire!..... Cette tête allait parler!..... Elle allait adresser à l'orphelin quelqu'une de ces paroles dures dont le modèle n'était pas avare, et Prosper fut au moment de détruire son ouvrage. La ressemblance même de la copie lui imposa ; il cacha ce buste derrière tous les autres, puis il essaya de se livrer à ses fantaisies, de faire de ces figurines fantastiques dont il avait déjà meublé sa grotte ; il n'y put réussir, et le reste de la journée s'écoula lentement et tristement pour lui.

Déjà le pauvre enfant se ressentait de ces variations dans l'humeur, déjà il éprouvait cet abattement soudain, si prompt à succéder aux espérances et à l'exaltation de l'âme, qui donnent au caractère de l'artiste une mobilité sans cesse, sans relâche, pénible pour lui, mais plus pénible encore pour ceux qui l'entourent.

M. Raimond était un ci-devant jeune homme (page 38)

IV. — LE PARRAIN

Cette semaine parut bien longue à Prosper; il avait appris par Marianne que M. le curé était allé à Reims, qu'il en était revenu, et qu'à son retour il avait annoncé qu'on aurait bientôt des nouvelles de M. Raimond. *Bientôt!* A douze ans, *bientôt* c'est tout de suite, à l'instant, à la minute!

Le samedi soir, Marianne vint toute émue au-devant de Prosper: M. le curé voulait le voir le lendemain au presbytère, après la grand'messe. Quel honneur et quel bonheur! car, *bien sûr*, M. le curé avait reçu de bonnes nouvelles pour Prosper, dans une lettre qui lui était arrivée la veille.

Après une nuit bien agitée, après une matinée qui semblait ne vouloir point finir, et après les offices pendant lesquels on eut bien des distractions, quoique l'âme s'élevât à Dieu avec des élans de reconnaissance et d'espoir pleins d'ardeur et de sincérité, Prosper, conduit par Marianne, entra enfin dans la salle basse du presbytère où se tenait habituellement M. le curé.

Ce jour-là, M. le curé avait à dîner quelques confrères du voisinage. Prosper, que la vue seule de son pasteur aurait suffi pour intimider, se sentit dans la plus grande confusion en se trouvant devant des personnes tout à fait étrangères. Aussi, demeura-t-il sans voix pour répondre aux questions pleines de bienveillance qui lui étaient adressées. Heureusement Marianne, non moins timide, mais que son amour maternel pour cet enfant animait d'un grand zèle, répondit à tout, en excusant Prosper le mieux possible.

— Voilà ce qu'il a fait! dit-elle soudain; et elle plaça sur la table le buste de M. le curé, que jusqu'alors elle avait tenu soigneusement enveloppé dans un vieux fichu de mousseline.

A cet aspect, chacun se récria, tant la ressemblance était frappante.

Le bon curé attira Prosper à lui, l'embrassa et dit : « Mon cher enfant, j'ai bon espoir à votre sujet. M. Raimond, votre parrain, s'intéresse à vous. Je lui ai fait voir ce que votre nourrice m'a apporté l'autre jour, et il vous mande à la ville. »

Une rougeur brûlante couvrit les joues de Prosper, et, de ses yeux baissés, coulèrent quelques larmes; c'étaient des larmes de joie.

— Dieu a eu pitié de vous, reprit le curé. Il a envoyé dans le bois ce jeune mouleur italien pour vous

montrer la voie où vous devez entrer. Suivez-la, mon
enfant. Vers le milieu de la semaine, Jean-Claude
ira conduire du foin à la ville. Il vous prendra avec
lui. Vous pourrez mettre sur sa voiture ce que vous
voudrez emporter. Quant à cette figure-ci, je vous
autorise à l'emporter aussi pour la montrer à votre
parrain, afin qu'il juge, en voyant la ressemblance,
de ce que vous êtes capable de faire. Ensuite, mon
enfant, vous briserez vous-même votre ouvrage. Il
n'est pas convenable à un prêtre de permettre que sa
figure périssable soit reproduite d'aucune manière;
c'est un honneur qui n'appartient qu'à Dieu et à ses
saints.

M. le curé accompagna Marianne et Prosper jusqu'à la porte du presbytère. Il donna à l'enfant une
pièce de cinq francs, en lui disant : « Voici ce que
votre parrain vous envoie pour faire la route. Maintenant, priez Pierre Rouget de chercher un berger.
S'il n'en avait pas avant la fin de la semaine, il faudrait laisser Jean-Claude partir seul et attendre une
autre occasion. C'est bien le moins que vous puissiez
faire pour Pierre Rouget, qui a eu la bonté de vous
prendre dans le temps où vous n'étiez pas encore bon
à grand'chose. Les ingrats, mon cher fils, sont autant
de Judas capables de vendre, pour quelques deniers,
leur bienfaiteur en ce monde et leur salut dans l'autre. Allez, mon enfant, et que Dieu soit avec vous! »

Tout s'arrangea beaucoup mieux qu'on n'aurait
osé l'espérer. Pierre Rouget, presque jaloux de la
bonne fortune de son jeune parent, répondit en rica-
nant à Marianne que Prosper faisait bien de prendre
un parti, parce que son intention n'avait jamais été .

de le garder, et qu'il pouvait partir avec Jean-Claude, un berger de *son espèce* n'étant pas difficile à remplacer. Michel, de son côté, adouci par l'espoir d'être pour jamais débarrassé de cet enfant, se montra d'autant plus aimable, que Prosper voulut *régaler* tout le monde avant son départ, en dépit des représentations de Marianne, à qui il répondait : « Je n'ai pas besoin d'argent pour faire ma route, puisque je vais avec Jean-Claude. » Et ainsi se passèrent les trois derniers jours, sans encombre et sans mauvaise humeur de part ni d'autre. Tout le village savait la bonne fortune de Prosper; elle avait grossi beaucoup, grâce aux conjectures des commères; on lui prédit des richesses, des honneurs... Et cependant, baigné des pleurs de Marianne, il se mit en route en sanglottant. Le vaste monde s'ouvrait devant lui sans doute; mais derrière lui il laissait une mère tendre, des frères et sœurs qu'il aimait, dont il était aimé, et il allait se trouver seul, et presque comme abandonné, au milieu d'une foule de personnes inconnues.

Si les impressions sont vives dans l'enfance, elles sont aussi très peu durables. Prosper n'avait pas fait un quart de lieue que ses larmes étaient taries; et avide d'émotions nouvelles, tourmenté surtout par une curiosité bien excusable, il accablait Jean-Claude de questions et recueillait jusqu'aux moindres détails de ce que son conducteur lui racontait des usages et des coutumes de la ville. On arriva vers le soir chez le parrain, sans avoir trouvé que la route fût longue.

M. Raimond était un *ci-devant* jeune homme qui voulait absolument ne pas avoir quarante-cinq ans sonnés. Tout occupé de sa personne, de ses plaisirs et à

la veille de se marier, il avait dit légèrement au curé :
« Envoyez-moi cet enfant; on verra ce qu'il sera possible d'en faire, et veuillez avoir la bonté de lui donner quelque chose de ma part. »

Mais lorsqu'un soir le valet de chambre lui annonça
l'arrivée de son filleul, toutes les bonnes dispositions
dans lesquelles l'excellent curé était parvenu à le
mettre en faveur de Prosper s'évanouirent à la pensée
des embarras que cet enfant allait probablement lui
occasionner.

— Tu dis qu'il ne sait pas lire? demanda-t-il à son
valet de chambre.

— Non, Monsieur, ni lire ni écrire. C'est un vrai
paysan, un vrai sauvage de l'Aveyron, à qui il faut
tirer les paroles du gosier; et avec cela il est si mal
vêtu !...

— Il ne sait ni lire ni écrire, et il est en guenilles!
Mais, Florent, il n'est pas possible que ce soit mon
filleul !

— Monsieur, c'est Jean-Claude qui l'a amené, et
Jean-Claude est trop honnête garçon pour l'avoir
changé en route !

— Commence par le faire habiller avant que de me
le présenter. Rien ne me révolte autant que la vue
des haillons; c'est si dégoûtant la misère !

— Monsieur veut-il qu'on habille cet enfant...
comme quelqu'un... de bonne façon? Ce n'est qu'un
paysan...

— Qu'on lui donne des vêtements modestes, mais
propres. Je ne sais en vérité ce que je ferai de ce filleul
qui me tombe des nues dans un moment comme

celui-ci! Vois à le placer, à le caser, à m'en débarrasser enfin. Il y aura vingt francs pour toi.

— Monsieur est bien bon, comme toujours, au reste, car c'est l'habitude de Monsieur d'être bon pour ceux qui le servent, et Monsieur sait à quel point je lui suis dévoué!

— Oui, je le sais. Va, j'ai à écrire.

Heureusement pour le pauvre Prosper qu'il n'était pas accoutumé à être traité avec beaucoup d'affection ni même de douceur. La froideur de son parrain, l'abandon où on le laissait, lui furent dès lors moins sensibles, et il crut même, quand il se vit habillé de neuf de la tête aux pieds, que son parrain l'aimait sincèrement; ce qui excita dans son cœur la plus tendre reconnaissance.

Depuis huit jours, il était à Reims, et personne ne songeait à lui; si ce n'est Florent, très désireux de gagner les vingt francs promis. Mais son maître s'était expliqué; il fallait que l'enfant fût placé de manière à ne point revenir *importuner le parrain*.

— Monsieur, dit un soir Florent en déshabillant son maître, demain le petit entre en apprentissage dans ce qu'on appelle à Paris les pompes funèbres.

— Comment! dans les pompes funèbres?

— C'est-à-dire, Monsieur, que je connais quelqu'un chez ces Messieurs de la fabrique; ce quelqu'un connaît très intimement le marbrier que ces Messieurs emploient et qu'ils recommandent aux familles en cas de besoin, pour les tombes et les cénotaphes.

— Eh bien?

— Eh bien! Monsieur, ce marbrier est justement celui qui a fourni à Monsieur sa fontaine à filtrer.

— Alors, tu le connais aussi?

— Oui, Monsieur; mais deux recommandations valent mieux qu'une. Le petit entrera chez lui en qualité d'apprenti, pour trois ans. Il y a pourtant quelques difficultés; Monsieur ne veut sans doute rien donner.

— Je donnerai ce qui sera nécessaire; mais qu'on en finisse, et qu'on ne me parle plus de cet enfant; j'ai bien autre chose en tête.

Prosper entra donc comme apprenti chez le marbrier, qui était en même temps mouleur, et au besoin statuaire, et surtout tailleur de pierre. Il n'est pas rare en province de voir le même homme exercer, tant bien que mal, plusieurs professions à la fois.

Econome de la bourse de son maître autant que de la sienne propre, Florent avait marchandé tant qu'il avait pu pour obtenir le logement en outre de la nourriture, et enfin, un grenier, ouvert à tous les vents, avait été accordé à Prosper, ainsi que la permission de le plafonner le mieux possible dans ses moments perdus, avec du plâtre éventé ou de l'argile, à son choix. Florent meubla ce galetas d'un lit de sangle et d'un matelas, de deux vieilles chaises et d'une mauvaise table, et, le filleul de son maître ainsi installé, il disparut en promettant de revenir; mais il ne revint pas.

Quand l'existence a été amère, dès le berceau, l'âme, au lieu de s'amollir, s'est fortifiée, et au moment où deviennent plus rudes les luttes avec le sort, on trouve en soi-même des forces inespérées : Prosper en faisait la dure épreuve.

Il eût même le courage de ne pas se plaindre lorsque le bon curé, inquiet de cet enfant, vint le voir; non que Prosper osât lui mentir, mais il disait la vérité en assurant qu'il avait tout ce qu'il souhaitait, et le bon prêtre, bien persuadé que M. Raimond avait fait pour le mieux, le quitta après lui avoir laissé quelques souvenirs de sa visite.

Oui, Prosper était content de son sort. Quelque sévère que fût son maître, ce maître était juste pourtant; aussi l'apprenti obtint, en récompense de son travail assidu, de sa bonne conduite et de son zèle, la permission d'aller le soir, après la journée, prendre des leçons de lecture, d'écriture, de calcul et même de dessin, à l'école gratuite.

Dans une position plus heureuse, entouré de toutes les facilités pour s'instruire, Prosper serait devenu un *prodige;* il avait une mémoire excellente, de la facilité à tout comprendre, à tout saisir, une soif de savoir que rien ne pouvait étancher, et une volonté ferme de surmonter tous les obstacles : avec cela on va loin.

Dans ses courses pour l'atelier, Prosper s'arrangeait toujours de manière à passer devant les restes de l'arc de triomphe élevé à César Auguste par les Rémois reconnaissants, alors qu'Agrippa, gouverneur général des Gaules, avait fait ouvrir des routes dans la Champagne. Il s'oubliait dans sa contemplation devant ces ruines imposantes, ou bien devant la cathédrale, l'un des plus beaux monuments que possède la France. Le tombeau de Jovin, élu consul à

Rome en 300, l'église de Saint-Nicaise avec son *pilier tremblant,* la façade de l'Hôtel-de-Ville, étaient encore comme autant de stations presque journalières pour l'apprenti, et ses idées s'agrandissaient, et il comprenait mieux la *beauté des beaux-arts,* leur puissance, et il sentait en lui quelque chose bouillonner à la pensée de ce que lui, aussi, pourrait faire un jour.

En attendant, Prosper apprenait chez maître Blanc à scier et à tailler la pierre, à modeler les ornements pour les tombeaux et pour les salles publiques, à mouler à *creux perdu,* comme il avait vu faire au jeune Italien dans le petit bois, et à *bon creux,* ce qui est beaucoup plus difficile.

Les moules en plâtre, surnommés à *bon creux,* sont composés de plusieurs pièces; on ne les casse pas lorsqu'on a coulé l'objet qu'on veut reproduire; on les conserve, au contraire, on les ménage avec beaucoup de soin, et l'on s'en sert pour multiplier les épreuves ou copies du même sujet. Maître Blanc ne faisait de *bon creux* que pour les figures dont le débit est assuré : des madones, des saints, des bustes de personnages célèbres, des têtes d'Apollon, de Niobé, de Vénus, de guerriers grecs et romains. Quoi qu'il ne fût pas très habile dans son art, il en savait assez cependant pour mettre Prosper en bon chemin.

S'il avait pris la peine de monter jusqu'au grenier qu'il lui avait permis d'occuper dans la maison voisine, car maître Blanc était propriétaire à Reims de trois jolies maisons, il aurait vu que son apprenti faisait beaucoup de choses qu'il ne lui avait pas enseignées, et il aurait deviné que le pauvre enfant ne passait pas toutes ses nuits à dormir. Peut-être des découvertes de ce genre eussent amené des soupçons outrageants, car maître Blanc n'aurait pas pu concevoir comment Prosper, avec de bien minces profits, était déjà parvenu à se procurer les outils les plus nécessaires. C'est que Prosper n'accordait rien à ses fantaisies, ou plutôt il n'en avait d'autres que celles qui se rapportaient à sa seule et unique passion, la sculpture. Comme la misère rend ingénieux, il savait tirer parti de tout pour arriver au but que, dans son petit bois, il avait entrevu vaguement, et qu'aujourd'hui il voyait clairement, et ce but c'était, non de modeler en terre, non de mouler à *creux perdu* et même à *bon creux,* mais d'arriver à sculpter au moins la pierre.

Un de ces honnêtes marchands... (page 53)

V. — LA MISÈRE

Lorsqu'on n'a qu'un but dans la vie, et lorsque toutes les forces de la volonté se réunissent pour surmonter les obstacles qui empêchent de l'atteindre, il est rare que le courage ne se relève point au moment où il semblait près de s'abattre, et qu'on n'arrive pas tôt ou tard à ce but unique; unique objet des rêves de la veille et de ceux du sommeil.

Maître Blanc savait tirer de ses apprentis, comme des matériaux qu'il employait, tout le parti possible. Il ne permettait ni de perdre un instant, ni de faire le plus petit essai qui lui aurait coûté inutilement une poignée de plâtre ou de terre à modeler; encore moins aurait-il souffert qu'on s'en prît aux fragments de pierre ou de marbre qu'il entassait soigneusement dans un coin de la cour pour servir, en cas de besoin, aux réparations indispensables à faire à l'une de ses trois maisons. Quant aux outils, ceux qui n'étaient pas nécessaires pour l'ouvrage courant et toujours *payé* que ses apprentis exécutaient sous ses yeux, il n'y avait pas possibilité d'y toucher, Maître Blanc les tenait constamment sous clef dans son atelier particulier.

Le moyen, avec un maître si rangé, de s'essayer à sculpter le plus petit morceau de pierre! le moyen même de rien tenter sur les deux grosses bornes qui marquaient l'entrée du jardin et que surmontaient deux vases, soi-disant *antiques,* puisque la libre jouissance des outils manquait absolument!

Prosper avait une telle rage de sculpture qu'il avait attaqué, avec son couteau, les poutres de *sa chambre;* mais les unes étaient aussi dures que du marbre; les autres, à moitié vermoulues, tombaient en poussière.

Il avait vu maître Blanc préparer du stuc de diverses couleurs, pour mouler des bas-reliefs qui acquéraient promptement la dureté du porphyre; on les finissait, on les polissait ensuite, comme se finissent et se polissent les statues ou les bas-reliefs en marbre, avec du grès, de l'eau et des pierres fines à aiguiser, taillées de manière à pénétrer jusque dans les plis les plus délicats des draperies. L'idée lui vint *de faire de la pierre* en mettant un bon tiers au moins de colle forte dans l'eau dont on se sert pour délayer le plâtre tamisé et coloré qu'on veut transformer en stuc. Mais d'abord, il fallait acheter de la colle forte, du plâtre, puis des outils; il fallait encore un réchaud, du charbon pour faire du feu et deux vases dont l'un contiendrait l'eau du bain-marie, et l'autre la colle

forte..... Et Prosper avait besoin d'une paire de sabots,
d'un tablier de grosse toile.....

Il compta et recompta vainement les légers *pour-
boire* qu'il recevait quelquefois des pratiques de son
maître, sans les demander jamais. Le peu d'argent
donné par le bon curé avait été employé à acheter
deux chemises, car Florent ne s'était pas mis en peine
de procurer *le nécessaire* au filleul de son maître;
aussi Prosper avait-il été obligé de vendre les vêtements propres avec lesquels il avait été présenté à
son parrain et qu'il ne pouvait porter que le dimanche; il avait pris en échange des habits de toile dans
lesquels il grelottait tout l'hiver. Pauvre enfant! il
était rude de toute manière, l'apprentissage de la vie!

Soudain, une idée lumineuse épanouit la figure de
Prosper. Pour bien dormir, qu'a-t-il besoin d'un lit
de sangle et d'un matelas? Deux bottes de paille
suffisent à faire un lit moëlleux et chaud... Oui, mais
peut-il vendre le lit de sangle et le matelas? Sont-ils
à lui? Les lui a-t-on donnés ou prêtés?

Quelques jours se passèrent dans une cruelle incertitude. Le seul moyen d'en sortir, c'était d'aller chez
M. Raimond, de tâcher de voir Florent... mais, depuis un an, Prosper avait cessé des démarches inutiles; jamais il n'avait pu parvenir à trouver *monsieur*
Florent et jamais il n'avait osé chercher à pénétrer
jusqu'à son parrain. Il savait cependant que ce parrain était marié; il savait aussi que sa marraine, dont
il s'était informé dès en arrivant, avait quitté Reims
pour aller se fixer à Paris. Si elle pouvait l'y appeler
un jour comme M. Raimond l'avait appelé à Reims!...
C'est là qu'il trouverait des modèles, des conseils,

des encouragements!... et sa tête s'exaltait, et le présent s'effaçait, et l'avenir lui apparaissait brillant et beau.

Mais il était loin cet avenir, et, du haut de l'empirée, il fallait retomber dans la vie réelle...

Prosper se résigna à employer le peu qu'il possédait en propre, et dont personne n'avait le droit de lui demander compte, à se procurer les moyens de faire du moins quelques essais en petit, avant de tenter une *opération colossale*. Comme une ronde-bosse aurait *dévoré* trop de matière, il se décida à exécuter un *petit* bas-relief, par pure économie de colle et de plâtre.

Mais ce n'était pas peu de chose que de *couler* une planche assez épaisse pour pouvoir la travailler, la creuser à volonté! Prosper ne réussit pas du premier coup, et, à regret, il perdit beaucoup de matière. Enfin, sur le plancher de sa chambre, soigneusement huilé, il eut le plaisir de couler une belle planche entre les quatre tringles de bois qu'il avait clouées au plancher.

Doué de beaucoup d'adresse, il parvint à faire ensuite l'espèce de châssis ou *armure* destiné à la fois à contenir et à soutenir l'argile préparée qui devait lui servir à exécuter son modèle puis les creux en plâtre. Prosper savait maintenant que, pour conserver dans toute leur pureté de formes les *maquettes* ou petites figures modelées, qui sont, pour le sculpteur, ce que l'esquisse plus ou moins arrêtée est pour le peintre, il est dispensable de les couler en plâtre, parce que la terre, en séchant, se retire inégalement et altère ainsi les formes et les contours. Afin d'éviter ce danger, il

Ce qui sortait des mains de Prosper était si remarquable... (page 29)

faut qu'un mouleur adroit et exercé les saisisse à l'instant où le modèle sort des mains du statuaire.

C'était bien de la besogne, et le pauvre Prosper n'avait à disposer que d'une heure et demie dans la journée : le dimanche même n'était pas toujours à lui tout entier; mais il pouvait travailler la nuit... c'est-à-dire lorsque l'état de sa bourse lui permettait d'acheter l'huile nécessaire pour alimenter la mèche bien mince de sa petite lampe.

Oh! qu'ils sont loin de se douter, les jeunes gens auxquels de tendres parents fournissent toutes les facilités possibles d'étudier, de travailler sans trouble, sans inquiétude d'aucune espèce, des obstacles que le pauvre, animé de la passion de devenir quelque chose, rencontre à chaque pas sur sa route! Il lui faut sans cesse lutter corps à corps avec la misère qui se reproduit sous mille formes et paralyse ses moindres mouvements autant que sa volonté; à moins que celle-ci ne soit assez forte pour l'emporter toujours.

La volonté de Prosper étant une de ces volontés d'autant plus ferme que celui qui la possède sait attendre du temps et de la persévérance ce qu'il ne pourrait obtenir des plus violents efforts et d'une impatience toujours impuissante, il vint à bout de faire, en six mois, ce qu'il aurait fait en six semaines peut-être s'il avait eu seulement quelques parcelles de cet or que le riche sème à la recherche du plaisir. Mais ces longs mois n'avaient pas été pour lui du temps perdu. Il avait travaillé; il avait acquis une plus grande habitude de manier les matériaux, les outils dont il voulait se servir d'une manière tout autre que celle qui lui était enseignée; en même temps il avait mûri sa première idée, et, quoique peu habile encore dans l'art du dessin, il était parvenu à la tracer assez fidèlement sur le papier, ce qui l'avait amené à la simplifier. Il voulait, sur ce bas-relief, représenter la scène du petit bois, afin de conserver un souvenir durable de ce qui lui avait révélé sa véritable destinée : l'apparition du jeune mouleur au travail.

Tout en se préparant à l'exécution de son bas-relief, Prosper méditait un projet bien autrement *gigantesque;* s'il avait pu, au lieu de la maigre nourriture que maître Blanc s'était engagé à lui donner, avoir de l'argent, il se serait réduit à un ordinaire encore plus maigre; il n'aurait même pas mangé du pain sec à son appétit, afin de pouvoir amasser, et amasser encore...

— Dieu viendra à mon aide! disait-il avec confiance.

Un dimanche matin, à la sortie de l'église, il aperçut de loin Florent. S'élancer à sa poursuite et l'atteindre fut, pour Prosper, aussi rapide que la pensée.

— Ah! te voilà, mon jeune marbrier, dit le valet d'un ton suffisant. Il me paraît que les affaires vont mal.

Et il jetait un regard dédaigneux sur les habits rapiécés, mais propres, de l'apprenti.

— *Monsieur* Florent, repartit Prosper avec quelque émotion, mon parrain, mon parrain m'a-t-il donné... les meubles qui sont dans ma chambre?

— Croirais-tu, par hasard, qu'il te les a loués ou prêtés?

— Ils sont donc à moi, tout à fait à moi?

— Tout à fait à toi, mon garçon. Tu peux en faire de l'or en barre si bon te semble.

Prosper n'en demanda pas davantage; il partit comme un trait.

Le lendemain soir, un de ces honnêtes marchands dont la complaisance intéressée vient au secours des jeunes gens pour les aider à faire des sottises, enleva ce que Prosper regardait comme du superflu, et, afin d'obtenir la somme *ronde* de 30 francs, Prosper donna sa seule et unique paire de draps; mais il garda pourtant sa couverture, en dépit de l'offre séduisante qui lui était faite d'augmenter encore la somme.

Comme il n'avait pu, faute d'argent, se munir d'avance de la paille nécessaire pour remplacer son lit, il aurait été dans la nécessité de se coucher sur le plancher, s'il avait songé à dormir; mais la joie où il était de se trouver à la veille de pouvoir exécuter son *grand projet* bannissait le sommeil.

Quand il eut remis de l'huile dans sa lampe, il s'assit devant sa table et commença des calculs dont le résultat l'effraya : il n'aurait jamais assez d'argent pour se procurer ce qui lui manquait!

La matière première, indispensable, c'était du plâtre, mais du plâtre de mouleur, fourni par le véritable gypse, cuit avec plus de précaution que le plâtre ordinaire, ce qui le rend beaucoup plus cher; plus, un mortier pour le piler, un tamis de crin et un tamis de soie pour le passer; plus, des outils de sculpteur, des poinçons pour dégrossir, des ciseaux carrés et arrondis, de différentes longueurs, qui servent à évider à une profondeur plus ou moins grande; un *bec-d'âne*, autre espèce de ciseau tranchant avec lequel on creuse les parties les plus profondes ; plusieurs *gradines*, autre genre de ciseaux, dont les unes sont à dents pointues, d'autres à pointes mousses, d'autres à pointes carrées, et qui remplacent, dans les mains du sculpteur, le maillet de fer à dents également pointues, ou mousses ou carrées, dont le tailleur de pierres se sert pour préparer la pierre à recevoir le poli ; enfin, il fallait encore plusieurs genres de *râpes*, les unes plates et pointues, les autres plates et arrondies par le bout, les autres en *queue de rat*, un maillet et au moins un compas...

Prosper fut au moment de se désespérer de nouveau, mais sans abandonner pourtant son projet. Puisqu'il croyait pouvoir se passer du trépan, espèce de très grand vilbrequin de forme particulière, remplacé aujourd'hui par le *violon*, qu'on arme de forets de différentes longueurs et de différentes grosseurs pour évider le bloc et le préparer au travail des poinçons, ne pouvait-il pas diminuer le nombre des autres outils? D'ailleurs, ces outils ne lui coûteraient pas bien cher : il en avait découvert, parmi de vieilles ferrailles, chez un marchand de fer neuf et vieux ; il les aurait à bas prix et pourrait, avec de la patience, les mettre en état de servir... Prosper reprit donc courage, laissa ses calculs de côté et passa le reste de la nuit à dessiner.

— Je ferai mieux ! dit Prosper (page 61)

VI. — LA VOLONTÉ

Heureusement pour Prosper, les mansardes situées au-dessous de son grenier appartenaient à un marchand cordier. Cet homme en avait fait des magasins, où l'on venait fort rarement. Personne n'était donc incommodé du bruit qui partait du grenier, et même personne ne s'inquiétait des allées et venues de Prosper dans l'escalier.

Dans la joie où le mettait l'espoir de parvenir enfin à l'exécution de son *grand œuvre,* Prosper ne savait trop par où commencer. Possesseur de ceux des outils dont il ne pouvait se passer, il résolut, après les avoir mis en état du mieux possible, d'essayer si la composition de son stuc était bonne, avant que de couler l'énorme bloc d'où devaient sortir un Œdipe et son Antigone ; car Prosper, qui savait par cœur la mytho-

55

logie élémentaire qu'on enseigne dans les écoles primaires, avait été plus touché de cette histoire que de toutes les autres, et elle l'avait souvent fait rêver. Il se mit donc à la besogne.

Avec une dextérité que deux années d'apprentissage lui avaient donnée, il commença à modeler en argile le bas-relief. Déjà moins étranger aux règles de la composition, il avait *posé* la scène de manière à ce qu'on pût voir d'un côté le jeune modeleur assis sur ses talons et travaillant au buste du petit Caporal, et, derrière un buisson, le petit berger regardant à travers le feuillage, avec tant d'attention, que son chien le tire inutilement par la veste et que les moutons broutent impunément les jeunes pousses du bois taillis.

Ce petit tableau était charmant. Prosper le faisait *con amore* (1); cependant il ne *chercha* point tous les détails. Le pauvre enfant! le temps était ce qui lui manquait toujours. D'ailleurs, il voulait que son modèle fût de *dépouille*, c'est-à-dire qu'il ne présentât pas de cavités plus larges dans le fond qu'à l'entrée, parce qu'alors il arrive qu'en voulant y fouiller pour en retirer l'argile, on casse le creux de plâtre, et ainsi se trouve anéanti le travail de plusieurs journées.

Prosper savait bien le moyen d'éviter ce danger; c'était de remplir les cavités avec du mastic, de le rechercher soigneusement ensuite dans la terre dont il se trouvait enveloppé, de couler en plâtre et à part chacune des parties plus ou mois délicates et petites dont le mastic donnait l'empreinte, et de les rétablir

(1) Avec amour.

dans le creux déjà fait, à la place qu'elles devaient
occuper; mais Prosper n'avait pas de mastic, et ses
moments étaient comptés.

Une nuit suffit pour le modelage en terre. Le matin,
avant d'aller à sa journée, Prosper couvrit son travail
d'un linge mouillé, afin d'empêcher la terre de se
gercer et de se retirer en séchant. A l'heure du déjeuner, il vint mouiller de nouveau ce linge; à l'heure
du dîner, il revint encore; enfin, le soir, il put mouler
à *creux perdu*, couler en plâtre et jouir du fruit de sa
persévérance et de son talent. Il fallait avoir des yeux
de quinze ans pour exécuter, à la pâle lueur d'une
petite lampe, un semblable travail; mais les yeux de
quinze ans, aidés d'une petite lampe, suffisent à ceux
dont la volonté est de surmonter tous les obstacles.

La nuit suivante, Prosper, avec son mauvais compas, traça des divisions dans toute la largeur de son
bas-relief à la partie supérieure, et les reproduisit sur
sa planche de stuc. Des bouts de fil d'égale longueur,
et munis par le bas de petites boules de terre qui rem-
plaçaient le plomb, lui donnèrent autant de fils
d'aplomb qu'il lui était nécessaire pour prolonger,
du haut en bas, ces divisions, en lignes parfaitement
droites. Il les reproduisit encore de la même manière
sur sa planche de stuc que supportaient, en guise de
chevalet, ses deux uniques chaises. Faute de pointes
d'épingles, c'était avec un peu de terre qu'il fixait les
fils à la partie supérieure. D'autres fils, placés en
lignes horizontales, achevèrent de former, sur le bas-
relief, ces carreaux dont les peintres eux-mêmes se
servent, soit pour copier plus exactement, soit pour
réduire.

Quand la planche de stuc fut préparée de la même manière, Prosper commença à prendre des mesures avec son compas, à les rapporter fidèlement sur le stuc, et à indiquer, par des signes de convention, les parties qui devaient être creusées, et celles qu'il fallait laisser en relief au premier *épannelage*. Ordinairement ces points principaux sont marqués sur le modèle avec de petits clous de cuivre plus ou moins longs, et dont la tête aplatie et à centre enfoncé reçoit les pointes du compas; mais Prosper manquait de tout ce qui facilite le travail; aussi rencontrait-il, à chaque pas, quelque nouvel obstacle.

Une partie de la nuit se passa à *mettre aux points;* vers le jour, impatient d'essayer à la fois le stuc et ses outils, Prosper prit un poinçon, son maillet. Au premier coup, la planche se fendit dans toute sa hauteur.

Jamais le langage ne pourra dire le bouleversement qu'éprouva Prosper à la vue de tant de travaux perdus! Des larmes jaillirent de ses yeux; il laissa tomber son maillet et demeura immobile et muet de douleur devant cette planche de stuc mise aux points avec tant de soin!

Tout à fait découragé, il se jette sur son lit de paille, s'enveloppe dans sa couverture et s'abandonne à la douceur de pleurer du moins sans contrainte.

Les larmes sont, au cœur courageux, ce que la pluie du ciel est à la terre, lorsqu'elle tombe sur un terrain généreux. Les plantes abattues par l'orage se relèvent, s'épanouissent et fleurissent; ainsi se relève notre âme oppressée sous le poids du malheur, quand les pleurs ont coulé; ainsi elle s'épanouit, ainsi elle se ranime et se montre plus courageuse et plus forte.

Tout à coup Prosper rejette loin de lui la couverture qui l'enveloppe; il pose à terre l'un des morceaux de stuc et tente de nouveau, avec précaution, d'épanneler... De nouveau le stuc se fend. Prosper, assis sur ses talons, le poinçon et le maillet en main, reste longtemps enseveli dans ses pensées. Il n'a jamais vu maître Blanc employer le stuc autrement que pour couler des bas-reliefs et des statues; jamais il n'a vu maître Blanc se servir du ciseau pour enlever les épaisseurs quelquefois laissées sur l'objet coulé par les sutures du moule; tandis que, pour le plâtre, qui se polit à la pierre ponce seulement, le poinçon, le ciseau, peuvent être mis en usage sans danger.

Prosper reprend courage. Il tamise du plâtre *au pas de soie,* gâche avec soin et fait un bloc assez gros pour y pouvoir sculpter le buste du bon curé. Selon l'ordre qu'il en avait reçu, il avait brisé l'autre; mais il veut cette fois le sculpter. Il croit que cet hommage rendu à son bienfaiteur lui portera bonheur. Quand on est pauvre, la raison repousse difficilement les superstitions du cœur; et l'homme le plus rigide ne peut les blâmer alors qu'elles prennent leur source dans un sentiment aussi pur que la reconnaissance, qui n'est autre chose que le souvenir toujours vivant des bienfaits passés.

La nuit suivante, le buste fut modelé en terre avec le plus grand soin, puis moulé et coulé en plâtre, à creux perdus. Prosper, après avoir bien tâtonné, parvint à fixer solidement son bloc sur la table; elle-même était solidement retenue, par des cordes et des clous, contre la muraille.

Mais, quelle que fut son impatience, il sentit la nécessité de ne travailler qu'au jour; la lampe, de quelque manière qu'il la plaçât, donnait trop peu de lumière, et encore cette lumière était-elle vacillante. Heureusement on approchait de la belle saison, de l'époque où, à deux heures du matin, il fait jour, et heureusement encore, le surlendemain était un dimanche. D'ici là, Prosper pouvait tenter de mettre aux points son bloc de plâtre.

Mais cette opération, bien plus difficile pour la ronde bosse que pour le relief, demandait des châssis de bois : l'un qu'on place sur la tête du modèle et d'où tombent tout autour les fils d'aplomb, l'autre qu'on place sur le bloc entouré de même de fils d'aplomb, qui reproduisent les mêmes distances... Et Prosper n'avait point de bois à sa disposition, encore moins d'outils pour le travailler et pour faire des châssis parfaitement pareils et parfaitement d'équerre. Il résolut de tailler dans le plâtre, comme jadis il taillait dans le bois avec son couteau sans s'embarrasser de mettre d'abord aux points ses petits blocs de peuplier, et il se contenta d'essayer l'effet du poinçon sur le plâtre.

Le plâtre ayant été bien tamisé et gâché serré, le bloc avait à la fois la dureté et la finesse d'une pierre. La joie et l'espérance de réussir enfin rentrèrent dans le cœur de Prosper.

Le dimanche suivant, dès le point du jour, il était à l'ouvrage. Modérant son impatience, il travaillait avec lenteur, mesurait ses coups, calculait d'avance l'épaisseur à enlever, les élévations à ménager, beaucoup plus qu'il ne le faisait dans le temps où ses matériaux, pour la sculpture sur bois, ne lui coûtaient que la peine de recueillir des branches mortes ou nouvellement abattues par les bûcherons, et de les faire ensuite sécher à un feu de genêt.

Le lendemain, au petit jour, Prosper avait repris le travail quitté la veille bien à regret. Il fut tenté plus d'une fois de ne point aller à sa journée ; mais, bien certainement, maître Blanc ne l'ayant pas vu paraître le jour précédent à l'heure du dîner, viendrait savoir ce qui le retenait... Eh ! d'ailleurs, ne devait-il pas toutes ses journées à celui qui lui donnait un état, qui le nourrissait chaque jour de l'année, y compris même les dimanches et les fêtes !... Prosper avait trop de probité pour employer à son usage un temps qui ne lui appartenait pas.

Le buste du bon curé ne s'acheva pas sans contrariétés ; mais lorsque le ciseau enlevait plus qu'il ne fallait, un peu de plâtre réparait le dommage et le travail reprenait.

Enfin il est terminé ce travail, et Prosper demeure en extase devant cette première production de son ciseau. Ce n'est pas qu'il en soit content ; il voit une foule de défauts bien graves : les chairs manquent de souplesse ; les rides du front sont un peu larges ; le cou a de la raideur, et les plis de la soutane, sous les bras, n'ont pas la rondeur pleine de vérité du modèle..

—Je ferai mieux ! dit Prosper avec cet accent de conviction intime qui n'est pas de l'amour-propre, mais le sentiment du talent qui domine chez le véritable artiste et le pousse en avant.

Il devait faire mieux en effet, et toujours de mieux
en mieux celui dont aucune difficulté ne lassait la
patience, et qui, ne pouvant se procurer ni marbre ni
pierre, en fabriquait. Deux essais encore furent ten-
tés et réussirent; alors Prosper n'hésita plus à mettre
à fin sa grande entreprise.

Bientôt s'éleva au milieu du pauvre grenier un
bloc de plâtre dont le faîte touchait presqu'au pla-
fond. Monté sur une chaise, Prosper commença par
dégrossir la partie supérieure, et, d'après le modèle
qu'il avait fait en petit, il indiqua soigneusement les
parties principales de son groupe.

Cette fois, Prosper était saisi de ce délire de l'inspiration qui fait le poète; car il est poète l'artiste; car
pour lui les actions les plus simples de la vie commune s'embellissent et s'animent des feux de l'imagination.

Prosper avait choisi le moment où Œdipe, aveugle
et errant loin de sa patrie, est reconnu par sa fille; le
moment où Antigone retrouve son père et se dévoue
à le guider, à le servir. L'âme de cet enfant sentait la
joie paternelle, l'ivresse de la piété filiale; il les sentait à l'âge où l'on ne sait pas encore les sentir; et
souvent de grosses larmes roulaient sur les joues de
l'orphelin; sa tête s'exhaltait, son cœur battait avec
force..... Alors le ciseau s'échappait de ses mains
tremblantes. Debout, en contemplation devant son
ouvrage, il devinait ce jeu des muscles qu'il n'avait
jamais vu, cette expression mêlée de douleur et de
joie qui devait animer les traits d'Œdipe malheureux,
abandonné, et dont la main frémit dans la main de sa
fille; il devinait encore les souffrances d'Antigone;

la sorte de pudeur qui l'empêche de lever les yeux à jamais fermés, et cette joie sainte et douloureuse que lui fait éprouver la présence seule d'un père!... Et son ciseau, guidé par une puissance invisible, imprimait au bloc insensible sa pensée.

Plus Prosper avançait dans ses travaux, plus l'inspiration s'emparait de tout son être. A l'atelier, dans ses courses à travers la ville, une seule idée l'absorbait tout entier. Sa figure pâle et maigre portait l'empreinte d'une préoccupation constante; ses yeux regardaient sans voir; il répondait sans avoir entendu, et maître Blanc disait à ses autres apprentis : « Ce garçon-là deviendra fou! Prenez garde à vous, vous autres, et tâchez de ne pas chercher comme lui des étoiles au ciel en plein midi! »

Les apprentis riaient; ils jouaient de mauvais tours à Prosper, et Prosper s'en apercevait à peine. Le bruit des éclats de rire occasionnés par ses distractions, qui devenaient de plus en plus fréquentes, arrivait bien à son oreille, mais sans pénétrer jusqu'à son intelligence. Son corps était à l'atelier, mais son âme, mais son esprit étaient dans son grenier. Là seulement il vivait de cette vie contemplative qui fait oublier la vie ordinaire et qui ouvre à l'artiste les portes du temple de la gloire, en même temps qu'elle le voue trop souvent à la misère!

Veux-tu donc défoncer mon plancher! (page 65)

VII. — L'ENGOUEMENT

« Tous deux respirent ! » balbutie un matin Prosper
en admiration devant son ouvrage. En effet, les deux
têtes d'Œdipe et d'Antigone *respiraient*.

Le cœur de Prosper était inondé d'une joie inexprimable; depuis deux jours il n'avait pas quitté son
grenier, depuis deux jours il n'avait pas mangé : le
besoin si impérieux ne s'était point fait sentir; Prosper avait tout oublié; oui, tout, et même son devoir !

Dans son extase, il n'entend pas les coups violents
frappés à sa porte ni les voix qui l'appellent; la porte
cède enfin aux efforts de maître Blanc, qui recule
aussitôt à l'aspect de ce bloc gigantesque placé au
milieu de la chambre, et qui s'écrie : « Malheureux!
veux-tu donc défoncer mon plancher et mes plafonds!»

Prosper promène autour de lui des regards effarés;

il ne reconnaît pas maître Blanc; d'un air presque
stupide, il regarde, sans le voir, un homme âgé, vêtu
de noir, qui accompagne le marbrier, et dont les yeux
sont fixés sur lui.

— Il est fou, tout à fait fou! disait le marbrier en
examinant le bloc de plâtre. Je ne dis pas que ces
têtes soient mal; mais c'est du temps perdu. Sculpter
en plâtre, je vous le demande, n'est-ce pas là de la
folie!... Et mon plancher! dis donc, Dumoulin? et il
le secoua rudement par le bras. — T'imagines-tu que
le plancher d'un grenier soit aussi solide que celui
du premier étage?... Parle donc! quand tu nous regar-
deras la bouche béante!... C'est M. le docteur Gerbauld qui demeure dans la maison... Je l'ai rencontré
sur l'escalier comme je venais, et ma foi, te croyant
à moitié mort, je l'ai prié de venir avec moi... Dumoulin! réponds donc? A quoi penses-tu?

— Maître Blanc, dit le docteur, laissez-moi lui parler. Monsieur, ajouta-t-il d'un air grave en s'adres-
sant à Prosper, vous avez commencé là une œuvre
remarquable. Si je ne me trompe, ce sujet est emprunté à l'histoire de la Grèce antique...

— Ah! vous avez reconnu Œdipe et Antigone!
s'écrie Prosper dont le regard s'anime. Oui, Monsieur, Œdipe vient de retrouver sa fille; Antigone
vient de retrouver son père...

Prosper est interrompu soudain par ses larmes; il
se cache la figure dans les deux mains et pleure en
silence.

Le docteur fait signe à maître Blanc de se taire, et
lui dit tout bas : — C'est une crise... une crise ner-
veuse occasionnée par l'exaltation du cerveau et par

une abstinence trop prolongée. Laissons-le pleurer !

Maître Blanc ne savait où il en était ; il ne comprenait rien à l'état de Prosper, sinon que Prosper, ayant l'estomac vide, devait avoir le cerveau creux. Mais ce qui le préoccupait beaucoup, le digne homme, c'était le danger que cette masse de plâtre, accumulée au beau milieu de la chambre, faisait courir à son plancher très faible en effet et supporté par des poutres dont le propriétaire connaissait la vétusté. Il tournait autour du bloc, regardait la fenêtre, la porte, et murmurait à mi-voix : « Ce que c'est que ces jeunes têtes ! Cela s'appelle bâtir une maison dans un four ! Je vous demande un peu par où l'on pourrait faire sortir ce groupe s'il était une fois terminé ! Dumoulin s'est installé ici avec son groupe pour jusqu'à l'éternité... Mais c'est que cela n'arrange pas mon plancher ! On dirait qu'il a fléchi un peu... Oui, certainement, il a fléchi... Dis donc, Dumoulin ?... »

Le docteur posa sa main sur le bras de maître Blanc, et lui dit :

— Cet enfant n'a rien pris depuis deux jours ; auriez-vous la complaisance de descendre chez moi et d'ordonner qu'on apporte sur-le-champ un bouillon, quelques biscuits, du vin...

— Je ne demande pas mieux, Monsieur le docteur ; mais, est-ce qu'il ne pourrait pas bien descendre lui-même ?

— Pas en ce moment. Ne me refusez pas ce service, maître Blanc !

Maître Blanc se résigna enfin à faire ce que demandait le docteur.

Quand il fut parti, ce dernier prit une chaise et alla

s'asseoir auprès de Prosper qui s'était jeté sur son lit de paille.

— Vous êtes artiste, jeune homme! dit-il.

Prosper tressaillit et leva la tête.

—Je ne veux rien vous promettre, continua le docteur; mais je crois cependant pouvoir vous assurer qu'un jour vous sortirez de votre obscurité.

Les larmes qui brillaient encore dans les yeux de Prosper s'arrêtèrent encore suspendues à ses paupières, et son regard s'anima en s'attachant avidement sur l'inconnu; le bon docteur n'était pour lui qu'un inconnu.

— Votre courage, votre persévérance méritent une récompense, reprit le docteur; la plus digne de vous, la seule qu'on puisse vous offrir, c'est de vous mettre à même de cultiver votre talent, de le porter par l'étude au point de perfection où il peut et doit arriver.

—Ah! Monsieur!

Et Prosper, saisissant la main du médecin, la pressa avec force contre ses lèvres et sur son cœur.

— Calmez-vous, mon enfant... Voici une petite collation qui nous arrive. Prenez quelque chose; nous causerons ensuite.

Prosper obéit machinalement.

A l'exaltation extraordinaire qui l'avait soutenu depuis près de trois mois, venait de succéder un anéantissement inexprimable. Tant de fatigues et de privations, tant d'espérances enivrantes si promptement déçues, tant de rêves d'avenir et tant de souffrances réelles semblaient avoir épuisé ses forces physiques et morales. Sans pensées, sans voix, il se soumettait à la volonté du docteur, qui tarda peu à le laisser profondément endormi.

Maître Blanc remontait chez Prosper au moment où le docteur en descendait. M. Gerbault l'emmena chez lui, et là, il eut beaucoup de peine à le détourner de parler à Prosper de son projet de scier le groupe en deux, en respectant cependant la partie sculptée, tandis qu'on démolirait le reste.

— Mais, mon plancher! c'était l'éternel refrain du marbrier.

— Votre plancher, votre plancher, répondit le docteur, sera débarrassé avant peu, et si quelques réparations sont nécessaires, on les fera à mes frais.

— En ce cas je n'ai plus rien à dire, répondit maître Blanc tout à fait rassuré.

Le docteur prit des informations minutieuses au sujet de Prosper. Le marbrier n'avait que du bien à dire de son élève. Il termina par ces mots : « Dumoulin me doit encore six mois d'apprentissage; je lui en ferai cadeau bien volontiers; mais il faudra que mes autres apprentis n'en sachent rien; car enfin ce serait pour eux d'un mauvais exemple; vous comprenez, M. le docteur? »

— Je ne comprends pas du tout.

— C'est facile à comprendre, pourtant. Il a vendu jusqu'à son lit; il a compromis le repos... la sûreté des voisins en imaginant de sculpter dans un grenier, tandis que les sculpteurs ne travaillent jamais qu'au rez-de-chaussée, comme de juste, à cause des planchers... Ce que j'en dis, ce n'est pas que j'en parle, mais c'est seulement pour faire bien comprendre à monsieur le docteur que tout cela c'est autant de sottises qui ne méritent pas une récompense. Si mes apprentis le croyaient, ils se mettraient tous à en faire autant...

— J'en doute, répondit le docteur avec un sourire, à moins qu'ils ne fussent doués, comme Prosper, de cette inspiration divine qui soutient le courage et fait oublier jusqu'aux souffrances du froid et de la faim! Je m'intéresse vivement à cet enfant; il en aura des preuves. Quant à vous, maître Blanc, il n'est pas juste que, sans vous en trouver dédommagé, votre apprenti vous soit enlevé au moment où il commence à vous être vraiment utile. Nous arrangerons tout cela à notre satisfaction mutuelle.

Deux jours après, l'*atelier* de Prosper était visité par quelques hommes d'un âge mûr, et, pour la première fois, le jeune artiste entendait vibrer délicieusement à son oreille ces éloges donnés par des gens éclairés, et qu'une critique juste, quoiqu'en apparence sévère, rend plus précieux encore. Rien de ce qui était sorti des mains du jeune artiste ne fut dédaigné. Il s'étonnait en apprenant la valeur des figurines qu'il avait apportées de son village et en suivant, d'après les remarques faites devant lui, ses progrès rapides dans l'art du modelage. Mais ce dont il s'étonnait plus encore, c'était de l'*étonnement* même de ces messieurs qui ne comprenaient pas que, sans maître, sans instruction et sans secours, Prosper fût parvenu à découvrir quelques-uns des secrets *du métier*, tout à fait indépendant de l'*art*.

A ces observations, le docteur répondit : « Le génie, Messieurs, est-il donc autre chose que la divination des procédés nécessaires à l'exécution de sa pensée?

Le génie les trouve; les savants les commentent, les
gens de métier les mettent à l'usage de chacun en les
réduisant en formules ou en routine, et l'on forme
des modeleurs, des mouleurs, des statuaires, comme
on forme des peintres, des médecins, des écrivains;
mais le génie seul fait les Phidias et les Raphaël, les
Hippocrate et les Homère! »

Presque toute la ville vint à l'*atelier* de Prosper, et
dès ce moment il eut comme le pressentiment des
plaisirs enivrants que donne la célébrité; mais il
connut aussi les douleurs qui suivent ces plaisirs
lorsque l'engouement est passé.

On avait parlé de l'envoyer à Paris comme *Elève
de la ville de Reims;* les promesses les plus brillantes lui avaient été faites; son parrain lui-même, entraîné par le torrent de la mode, l'avait hautement
avoué pour son filleul; de beaux vêtements, de l'argent lui avaient été envoyés par M. Raimond, un
peu honteux de ce que toute la ville savait que depuis
plus de deux ans *son filleul* végétait presque sans
pain dans un grenier; mais, au bout d'un mois, à
l'exception de quelques personnes, tout ce monde
avait disparu; les promesses étaient oubliées, on trouvait des difficultés à ce qui avait paru être si facile;
enfin, la ville était décidément obérée de trop de
charges pour envoyer à ses frais un élève à Paris, et
pour lui accorder des moyens d'existence pendant la
durée de ses études; d'ailleurs, Prosper n'avait aucun
droit à une si grande faveur, et peut-être son talent
ne tiendrait-il pas ce que maintenant il semblait promettre.

Le docteur fut satisfait de la force d'âme avec la-

quelle Prosper supporta cette épreuve toute nouvelle.

« Mon enfant, lui dit-il, n'oubliez, en aucun temps
de votre vie, ce qui vient de vous arriver. La faveur
n'est jamais durable. Tâchez donc de ne lui rien demander et de n'attendre rien que de vous-même. Les
jouissances de son art dédommagent amplement le
véritable artiste des caprices d'un monde frivole, et
la certitude de mériter la louange est bien plus douce
au cœur que les applaudissements de quelques flatteurs. Vous irez à Paris; vous y serez à l'abri de la
misère; c'est tout ce que nous pouvons faire pour
vous; faites le reste! »

Marianne, à qui Prosper avait écrit de temps en
temps et qui était allée plus d'une fois demander au
curé de lui lire les lettres de *son fieux*, était venue le
voir à Reims. Elle avait été témoin de l'engouement
général, mais elle ignorait l'oubli qui s'en était suivi;
aussi avait-elle emporté dans son village une de ces
joies pures et profondes sur lesquelles l'âme aime à
se reposer.

Le bon curé vint à son tour; et ce fut lui qui trouva
des consolations pour Prosper, lorsque enfin il fut
décidé que le bloc serait scié; opération cruelle, à
laquelle Prosper avait dû se résigner. Chacun lui
avait représenté que ce serait folie que de prétendre
terminer un travail de trop peu de solidité, relative-
ment au temps précieux qu'il faudrait employer à
l'achever; lui-même voulut détruire en partie ce qui
lui avait coûté tant de peines et de fatigues à édifier.

Un amateur acheta ce monument du courage autant que du talent naturel du jeune sculpteur; d'au-

tres amateurs mirent un prix aux figurines; mais Prosper ne voulut jamais vendre le buste du bon pasteur ni le bas-relief. Il offrit le premier au docteur, comme gage de souvenir et comme engagement d'une éternelle reconnaissance. Quant au bas-relief, Prosper décida que la cheminée de la pauvre chaumière où il avait été élevé en serait ornée, et il partagea avec Marianne la somme, *énorme* pour lui, que ses travaux et la bienveillance surtout de quelques amis des arts lui avaient value.

Après avoir passé une semaine dans son village, il revint à Reims, et bientôt il se mit en route pour Paris, le cœur rempli d'espérances, la bourse assez bien garnie, le portefeuille muni de lettres de recommandation pour quelques artistes, et avec la promesse d'une pension de cinquante francs par mois pour tout le temps que dureraient ses études. C'était le docteur Gerbauld qui avait voulu assurer à cet enfant, qu'il aimait et qu'il estimait, au moins du pain. S'il avait pu faire davantage, il l'aurait fait; mais cette pension était suffisante pour Prosper; car Prosper savait combien peu il faut à l'homme pour satisfaire le plus impérieux des besoins, la faim.

Il s'était fait beau ce jour-là (page 81)

VIII. — LE LAURÉAT

Le titre de provincial est une assez mauvaise recommandation à Paris. Lorsqu'on a le malheur d'y
joindre celui de *Champenois*, une timidité extrème,
la gaucherie du jeune âge, le manque d'usage du
monde, et qu'avec tant de désavantages on prétend à
se ranger parmi les artistes, on peut être certain de se
voir exposé à beaucoup de dédains et de dégoûts.

Prosper en fit l'expérience après un voyage animé
par l'espérance et par le plaisir de parcourir une partie au moins de ce monde qu'il avait rêvé si beau. On
lut en souriant les lettres dans lesquelles le docteur
et ses amis vantaient ce précoce talent; on invita le
Champenois à revenir; quand il revint, on n'était
pas visible. Il n'avait pas su répondre à quelques
questions cavalières; il s'était déconcerté; il avait

rougi, et surtout il avait avoué humblement son ignorance en beaucoup de choses...

« Le docteur a raison, se dit un jour Prosper, il ne faut rien demander à la faveur et ne rien attendre de personne, si ce n'est de soi-même. »

Il quitta son hôtel garni, prit une chambre dans la triste rue des Marais-Saint-Germain, afin d'être à portée de l'école royale des Beaux-Arts, et la meubla fort modestement d'un lit de sangle avec son matelas, de trois chaises, d'une table, d'un chevalet, et de quelques rayons qu'il voulait garnir des livres dont le docteur lui avait donné la liste. La chambre n'était pas très claire ni très saine; mais le loyer ne s'élevait pas à plus de soixante francs par an, et cette chambre était au rez-de-chaussée. Prosper, qui méditait de travailler comme sculpteur, ne se souciait pas d'avoir des démêlés avec le propriétaire pour un plancher; cette considération l'avait fait passer sur beaucoup d'autres.

Aussitôt l'emménagement terminé, il alla se faire inscrire comme élève à l'école gratuite de modelage, puis à l'école gratuite de dessin, et dès le lendemain il fut l'un des premiers arrivés à l'heure fixée.

Sa figure hâve, son air emprunté et son titre de Champenois, qui fut bientôt connu des arrivants, étaient comme autant d'obstacles à vaincre avant de se faire distinguer; mais Prosper en avait eu de plus grands à surmonter, et il savait que pas un seul ne résiste aux efforts réunis de la persévérance et du travail.

On lui donna pour étude une rosace très simple à modeler. Au lieu de déclarer ce modèle au-dessous de ce qu'il pouvait exécuter, Prosper le copia fidèlement, sans se permettre le plus léger changement ; mais sa manière de faire décelait une main exercée. Il en fut de même pour quelques ornements, et les élèves, surpris, commencèrent à se regarder l'un l'autre.

A l'heure du repas, Prosper ne quitta point l'atelier, et, tout en mangeant son pain sec, il s'amusa à modeler quelques ornements de sa composition. On pouvait y trouver à redire sous le rapport du goût, mais non sous celui de l'exécution ; aussi personne ne se permit la moindre réflexion désobligeante, lorsque, deux jours après, Prosper, sur sa demande, fut admis à modeler la figure.

Avec la même modestie et la même soumission, il se borna à copier les modèles qui lui étaient donnés ; ses copies firent deviner qu'il pouvait bien être capable de faire mieux.

« Ce diable de Champenois ! disaient les élèves entre eux, il fait mentir le vieux proverbe. »

— Je l'attends au bas-relief ! ajoutait un élève qui devait concourir cette année pour être admis l'année suivante à l'épreuve pour le grand prix.

— Et à la composition ! disait un autre.

Si le talent de Prosper commençait à lui susciter des envieux, sa douceur et son obligeance lui donnaient encore plus d'amis. Au bout de trois mois, il devait à ses nouveaux amis des moyens d'existence.

Dans les classes de modelage, des ouvriers de différents âges, mais jeunes cependant, sont au nombre des élèves ; ceux-ci les dédaignent parfois, car la plupart ne sont et ne seront jamais que des ouvriers

modeleurs, tandis que les *élèves* aspirent à de plus
hautes destinées, à celles d'artistes : mais Prosper ne
dédaignait personne. Dès qu'on sut qu'il était mouleur adroit, il eut des travaux, souvent assez bien
payés.

Comme ses besoins étaient fort bornés, il s'occupait moins cependant de chercher les moyens de
gagner de l'argent que d'employer en études utiles
tout le temps dont il pouvait disposer. S'il réussissait
au modelage de manière à attirer l'attention des professeurs, il avait beaucoup à faire encore pour se distinguer à la classe du dessin ; et plus il avançait dans
la carrière qu'il s'était choisie, plus il sentait que le
premier moyen de se faire un nom parmi les sculpteurs, c'était d'être bon dessinateur, de connaître
assez l'anatomie pour comprendre l'agencement des
muscles, leur jeu, leur effet sur les parties charnues ;
et il passait une partie des nuits à dessiner ou bien
encore à lire, afin d'orner sa mémoire des beautés de
l'histoire, de connaître les travaux et la vie des grands
maîtres de s'initier aux théories de son art.

Le dimanche, il courait les musées ; il allait admirer
les prodiges de la sculpture partout où elle montre
ses ressources et sa richesse. Volontiers il aurait
étudié aussi la peinture et l'architecture, car il sentait que les arts se tiennent par la main ; la poésie ne
le trouvait pas plus insensible que la musique, et ce
n'était pas sans peine qu'il parvenait à ne point s'écar-
ter de la route directe qui seule pouvait le conduire
au but : mais la misère lui avait donné de ces rudes
enseignements qui apprennent à l'homme, dès l'âge
le plus tendre, que passer d'une idée à l'autre, que

changer de direction au gré de ses caprices, c'est épuiser inutilement ses forces et détruire en soi jusqu'au germe du talent. Si quelquefois il se permettait d'aller aux Italiens s'enivrer d'accents mélodieux, et familiariser son oreille avec les sons d'une langue que peut-être un jour il entendrait parler et que lui-même parlerait à Rome, cette terre des arts; s'il se permettait aussi de manier le pinceau chez quelques camarades, et si enfin il lui arrivait de laisser de côté un livre utile pour s'abandonner au plaisir de lire de beaux vers, ces distractions, quelque enivrantes qu'elles fussent, ne pouvaient l'emporter sur l'idée principale.

Tandis qu'à l'école des Beaux-Arts il n'était que modeleur, chez lui, dans sa chambre humide et froide, il était déjà sculpteur. Il ne s'essayait plus sur des blocs de plâtre, mais sur la pierre et le marbre. Après avoir prélevé pour sa mère adoptive une petite somme chaque mois sur ce qu'il gagnait en allant modeler ou mouler chez des entrepreneurs, ou bien en allant travailler à sculpter des ornements dans les monuments publics sous la direction du maître qu'il s'était choisi, ou qui plutôt l'avait choisi entre tous, Prosper employait le reste à se procurer ce qui lui était nécessaire en fait d'outils, de matériaux, de livres. Moins que jamais il s'inquiétait des aisances de la vie et de l'élégance des vêtements; son âme était trop pleine, son esprit trop occupé, pour que des choses de ce genre le tourmentassent un seul instant; il vivait de cette vie à part que tant de gens ne peuvent comprendre, et les mois n'avaient pour lui que la durée d'un jour.

Au bout d'un an, il quitta l'école de modelage pour entrer dans l'atelier d'un sculpteur en renom, et là encore son talent se montra de cette manière toujours simple et modeste qui n'appartient qu'aux gens supérieurs : car ceux-là seuls doutent d'eux-mêmes ; ceux-là seuls travaillent ; seuls ils savent combien de peines il en coûte, alors même qu'on est heureusement doté par la nature, pour ne point se laisser enivrer de quelques succès, et pour conserver l'habitude d'un travail assidu, sans lequel le génie lui-même n'est que la flamme d'un incendie dévastateur, et non la lumière pure et certaine qui conduit à la célébrité.

Bien avant le temps et bien avant l'âge où les élèves sont admis aux concours particuliers qui conduisent au concours pour le grand prix, Prosper avait fait ses preuves. Personne ne murmura donc en voyant son nom écrit par le maître sur la liste des concurrents ; nul ne murmura lorsqu'il eut remporté une première couronne, présage presque certain d'un triomphe plus grand encore.

Dans l'intervalle qui s'écoula entre cette époque marquante et celle si brillante prédite à Prosper par ses camarades, il reproduisit en marbre le sujet, donné par le programme, du bas-relief qui avait été modelé en argile et coulé en plâtre par lui-même. Oh ! comme alors il se souvint avec émotion de cette planche de stuc brisée au premier coup de poinçon, et de la peine qu'il avait prise pour la mettre aux points ! Aujourd'hui en se servant, pour cette opération, de la *double croix*, instrument si simple inventé par les Italiens, du compas à trois pointes, du compas courbe pour régler les épaisseurs, et du violon pour évider le marbre, il comprenait mieux ce qu'en ce temps-là il avait trouvé de ressources en lui-même, et il comprenait aussi que la misère, que la nécessité, quand l'homme ne se laisse pas dompter par elles, sont des sources fécondes où se retrempe l'âme, où germe le génie; et, le cœur plein de reconnaissance, il rendait grâces à Dieu de l'avoir mis aux prises, dès l'âge le plus tendre, avec l'adversité!

Prosper n'avait pas vingt ans lorsque le grand prix de sculpture lui ouvrit l'école de Rome.

Il s'était *fait beau* ce jour-là, selon l'expression de ses camarades; mais ce qui surtout le rendait beau, c'était la joie : une de ces joies que le langage ne dit point, parce qu'ils n'ont point de langage ces sentiments à la fois tumultueux et doux qui bouleversent un homme jeune et modeste alors que mille voix célèbrent son triomphe; alors que des acclamations, des applaudissements multipliés le poursuivent pendant qu'il passe à travers la foule s'ouvrant devant lui, et alors que, des larmes dans les yeux, la rougeur sur le front, il revient à sa place, où le poursuivent encore les regards curieux.

Avant la fin de la cérémonie, Prosper avait disparu; il était sorti de Paris, et le reste du jour il erra dans la campagne sans tenir de route certaine.

Au retour, il apprit que presque tous ses camarades étaient venus le visiter, et que tous s'étaient étonnés de ne point le trouver chez lui.

Il s'enferma dans sa modeste chambre, toujours la

même, toujours aussi mal meublée qu'à l'époque où il était à Paris; il s'assit devant sa table, prépara du papier pour écrire et demeura longtemps absorbé dans une profonde rêverie.

Quelques larmes roulaient lentement sur ses joues. Bien des fois il avait senti son isolement; mais jamais comme aujourd'hui. Que n'aurait-il pas donné pour pouvoir appuyer son front brûlant sur le sein qui l'avait nourri! pour entendre la voix de sa mère adoptive lui dire, tremblante d'émotion :

— C'est-il possible que c'est toi qui as eu le grand prix!

Que ces mots si simples eussent été doux à son oreille! oh! mille fois plus doux que les cris flatteurs dont il avait été salué à son passage par tous ces indifférents!

Prosper prit enfin la plume, et il écrivit :

« Ma mère, je vais à Rome. J'ai remporté le grand prix. M. le curé vous expliquera ce que c'est que le grand prix. Je quitte la France pour quelques années. A mon retour nous nous réunirons. Oui, ma mère, vous viendrez habiter Paris avec ma sœur Toinette. Du moment que vous avez été veuve, je me suis promis que vous passeriez près de moi les derniers jours d'une existence trop longtemps malheureuse. Puisque Toinette n'a pas voulu vous quitter, elle ne me quittera pas non plus; nous vivrons ensemble, ma mère; nous nous aimerons, nous travaillerons mutuellement à nous rendre heureux, et, dans votre amour, je trouverai des jouissances que la gloire ne donne pas.

» Ma mère, je n'oublie pas mes frères et mes sœurs;
dites le leur, je vous prie. »

Prosper passa le reste de la nuit à écrire. Après
avoir épanché son cœur dans celui du bon curé et du
bon docteur, il se sentit un peu soulagé du poids
qu'une joie, non partagée encore par des âmes amies,
faisait peser sur lui.

Il s'arrêta avant d'entrer (page 91)

IX. — LA PATRIE

Rome la sainte, Rome l'antique, Rome dont le nom
seul réveille tant de grands souvenirs, Rome, ce
magique berceau de la civilisation et des arts, ne se
présente jamais à la pensée de l'artiste sans le cortége
imposant de ses demi-dieux, de ses héros, de ses
grands hommes, dont la gloire et le nom passeront
d'âge en âge jusqu'à la postérité la plus reculée. Au-
ront-ils ces éternels retentissements, les noms pro-
clamés de nos jours au Capitole!

Elle se prolongea longtemps pour Prosper l'impression de respect mêlé d'enivrement qui s'était
emparée de son âme le jour où, pour la première fois,
il avait posé le pied sur la terre consacrée par de
gigantesques souvenirs: elle se prolongea au sein
même de l'Académie où l'esprit français l'emporte si

souvent sur l'enthousiasme de l'artiste. Prosper avait
pris trop au sérieux sa *mission*, cette mission sainte
de conserver et de propager avec un respect religieux
les éternelles traditions du grand et du beau, pour
que quelques railleries, quelques sarcasmes pussent
détruire ou seulement refroidir la vénération que lui
inspirait tout ce qui porte leur noble empreinte, tout
ce qui peut concourir à entretenir le culte qui leur
est dû.

Ici, bien plus qu'à Paris, il vivait solitaire, et, seul
peut-être, il ne trouvait pas gênants les réglements
de l'Académie; et, seul peut-être, il jugeait suffisant
le traitement de quatorze cents francs alloué à chaque
élève, et dont la moitié est retenue pour subvenir
aux frais du logement et de la pension que l'Académie leur donne. Sept cents francs par an suffisaient,
et au delà, à ses autres besoins si bornés, et il continuait d'envoyer à sa mère adoptive les économies
obtenues par l'abstinence de tous ces plaisirs dont la
jeunesse est si avide.

Ces plaisirs-là, Prosper ne savait point les goûter.
Plus il avançait dans la carrière, plus la passion de
son art s'emparait de toutes ses facultés; il y consacrait toute sa vie, toutes ses pensées.

Vu d'abord de mauvais œil par ses nouveaux camarades, parce que jusqu'alors aucun lauréat si jeune
n'avait été envoyé de Paris; soupçonné de n'avoir dû
le grand prix qu'à *la faveur*, car dans le jeune âge on
est prompt à accuser d'injustice et de partialité ceux
qui ont le pouvoir, ce pouvoir auquel on se soumet
difficilement en tout temps, et surtout à l'époque de
la vie où l'on comprend si peu le mot de liberté,

Prosper, à Rome comme à Paris, n'avait répondu
aux dédains et aux sarcasmes que par sa docilité à
suivre l'ordre établi pour les études. Ses travaux
avaient bientôt prouvé que la couronne n'était point
venue orner le front d'un *favori;* qu'elle avait été
accordée, non à la protection, mais au mérite, et de
ce moment l'envie s'était tue.

Mais la conduite régulière de Prosper, son assiduité au travail, étaient comme une critique constante et amère pour ceux qui croient qu'on n'est
point artiste si l'on ne rejette pas les conseils de la
raison et les représentations de la conscience; si l'on
ne va point chercher dans quelques excès les inspirations que l'artiste ne doit demander qu'au génie.
Aussi, l'on estimait Prosper, et l'on s'en moquait :
sorte de petite vengeance que se permettent certains
esprits, dont les esprits étroits s'épouvantent, mais
dont se met peu en peine quiconque possède une
raison éclairée.

Avec une fermeté stoïque, Prosper n'opposait aux
traits malins lancés journellement contre lui, que
ces mots : « Les Muses sont chastes et sages! » Et
parfois il riait lui-même des plaisanteries pleines de
folie dont il était l'objet. On l'avait surnommé *la
Muse champenoise;* quelques-uns s'étaient déclarés
les *adorateurs* de cette *Muse;* ils chantaient en des
vers burlesques, où se trouvaient réunies, par un
heureux mélange, la bouffissure, l'emphase italienne
et la finesse française; Prosper répondait sur le même
ton, car son extrême timidité avait enfin fait place au
sentiment, modeste et digne, de sa propre valeur.
Prosper était obligé de se reconnaître supérieur à la

plupart de ces jeunes fous qui gaspillaient le temps
dont il faisait, lui, un si bon usage; mais il n'en tirait
point vanité. S'il n'avait pas été instruit à la rude
école du malheur, il n'aurait peut-être pas mieux
valu que le meilleur d'entre eux; et peut-être même,
avec son caractère paisible et plein de nonchalance,
serait-il resté confondu dans les derniers rangs de
cette foule, au-dessus de laquelle des luttes constantes avec l'adversité lui avaient donné le moyen de
s'élever.

Ses portefeuilles s'enrichissaient de copies des œu-
vres des plus grands maîtres; il allait, en sortant des
musées, errer aux environs de Rome, et, là encore,
son crayon trouvait à s'exercer; et là se présentaient
à ses yeux des modèles plus beaux peut-être, plus
simples, plus dignes surtout que ceux qui viennent
poser dans les ateliers.

Pendant les cinq années que Prosper passa à l'Académie, il demanda souvent et il obtint toujours des
congés de plusieurs mois pour aller visiter Naples,
Florence. Il voyageait à pied. Chez ce peuple italien,
amant passionné des beaux-arts, il puisait des inspirations grandes et vraies, et il recevait des marques
de cette vive sympathie qui unit entre eux ceux
qu'une nature généreuse a richement dotés pour voir
et pour sentir avec les yeux du poète, avec l'âme de
l'artiste.

Le Vésuve, Herculanum, Pompéi, excitèrent chez
Prosper des émotions encore inconnues. Il lui arrivait
souvent de passer des nuits entières en contemplation devant cette source enflammée et inépuisable,
d'où s'échappent des colonnes de flammes, de fumée,

des torrents de lave embrasée et des pluies de pierres rougies comme aux feux de l'enfer. Lorsque ses regards s'abaissaient sur les coteaux qui se déroulaient à ses pieds en immenses tapis semés de *villa* aux riches colonnes, aux jardins somptueux, de cabanes construites avec des laves refroidies et durcies; lorsque ses regards se tournaient vers Naples dont les rues sont pavées de cette même lave, sous laquelle ont disparu Herculanum et Pompéi, et lorsque sa mémoire lui rappelait Portici, s'élevant aux lieux mêmes où la ville d'Hercule ensevelie recouvrit peut-être jadis les ruines d'une ville plus ancienne, dont la destruction fut ignorée de la génération suivante, comme le fut si longtemps celle de ces deux villes aujourd'hui nommées *souterraines*, Prosper ne savait ce qu'il devait le plus admirer, ou de l'audace de l'homme ou de son profond dédain pour les leçons du passé.

A Florence, patrie du Dante, de Galilée, de Guichardin, de Servandoni, de Machiavel, d'Améric Vespuce, Prosper partageait son temps entre la galerie Degli-Uffizi, le palais Pitti et la bibliothèque des Médicis. C'était merveille de voir le petit berger d'un obscur village du Rémois coudoyer, dans les galeries, dans la bibliothèque, les grands artistes, les savants, qui viennent chercher à Florence, surnommée le *berceau des sciences, des lettres et des arts renaissants*, des inspirations, des modèles et des livres rares; c'était merveille aussi de le voir s'asseoir à l'une des longues tables entourées de lecteurs, côte à côte avec un érudit occupé à compulser les historiens anciens et modernes, tandis que lui restait des

heures entières les yeux fixés sur une page du Dante
ou d'Alfiéri. Perdu dans une profonde rêverie, il n'en
sortait que pour faire à la hâte une esquisse rapide
d'un de ces groupes conçus par l'imagination du
poète, vus par l'imagination de l'artiste, et qui se reproduisent plus tard, *visibles* pour tous, sous le pinceau ou le ciseau.

Prosper était heureux, heureux en Italie plus que
jamais il ne l'avait été de sa vie ; et cependant, sous
ce beau ciel, au milieu de cette nature riche, au sein
de la splendeur des beaux-arts, il regrettait parfois
son village, le ciel brumeux de l'automne, la solitude
du petit bois, le bruit des feuilles sèches se brisant
sous les pas du bûcheron, les sons vagues et peu
mélodieux du flageolet ou de la musette du pâtre, et
cette chaumière surtout où maintenant l'on ne connaissait plus l'horrible misère, et où deux cœurs
aimants battaient pour lui.

Prosper avait eu une large part des enivrantes
jouissances que donnent le succès ; ses lèvres avaient
effleuré les bords de la coupe que la gloire présente
à ses favoris ; son cœur s'était gonflé de joie aux premiers accents de la renommée... et cependant il sentait en lui un vide que rien ne pouvait remplir.

La dernière année qu'il passa en Italie lui parut
plus longue que les quatre premières. Tous ces *ber-
ceaux* des arts et des sciences n'étaient point son *berceau* à lui ; ce luxe de pensées grandioses, d'inspirations poétiques, cette exaltation sans relâche de l'âme
et de l'intelligence, ne pouvaient plus lui suffire ; il
avait soif de sa patrie : soif qui dévore, qui donne la
fièvre, et qui change un lieu de délice en un lieu

d'exil... L'heure du départ sonna, et elle sonna à son tour l'heure de l'arrivée au village.

Prosper n'avait point voulu passer par Reims; la première voix amie qu'il voulait entendre, c'était la voix de sa mère adoptive; le premier visage ami qu'il voulait voir lui sourire, c'était le visage vénérable de cette pauvre Marianne, qui l'avait recueilli alors qu'on venait de l'arracher aux flammes, qui avait reçu la confidence de ses travaux du petit bois et dont la surprise, la joie lui avaient fait connaître, pour la première fois, le plaisir de la réussite; c'était encore elle qui l'avait poussé dans la carrière où il se distinguait aujourd'hui, en le conduisant malgré lui chez le bon curé...

Par un sentier détourné, Prosper gagna la chaumière de sa mère adoptive; il s'arrêta un moment avant que d'entrer : volontiers il eût baisé le seuil de la porte... mais on pouvait le voir, et il n'était plus dans cette Italie où les démonstrations extérieures semblent permises à tous; où les convenances et les usages ne les défendent pas à celui dont l'âme trop pleine laisse échapper involontairement les cris de la joie ou de la douleur.

« Ma mère! ma mère! » disait-il, en pressant avec force contre sa poitrine Marianne qui l'avait reconnu, et qui s'était élancée tout en larmes à son cou.

Marianne ne répondait que par des sanglots, par des caresses, par quelques mots entrecoupés, et longtemps tous les deux furent incapables de parler.

Lorsqu'enfin à ces premiers transports succéda un peu de calme, Prosper s'assit sur une escabelle auprès de sa mère adoptive, et s'informa de ses frères,

de ses sœurs. Blaise et Antoine s'étaient faits soldats;
Cyprien, premier garçon de charrue chez un riche
fermier des environs, venait de se marier; Claudine
et Jeanne, grâce à la protection de M. le nouveau
curé, étaient employées à l'année dans une filature à
Reims; Toinette seule était restée auprès de sa mère.
Toutes deux filaient du lin et du chanvre. D'un air
triomphant, Marianne fit voir à Prosper que l'un des
bahuts était plein de pièces de toile écrue et blanche.

« Tout ça c'est pour toi, mon *fieux!* dit-elle avec
orgueil. Pour toi et pour la femme que tu prendras
quand tu entreras en ménage. »

A l'arrivée de Toinette, ce furent de nouveaux
transports, et les deux jours qui suivirent, Prosper
les consacra à visiter ses anciens amis d'enfance, les
tombes de son père, de sa mère, du vieux curé, dont
les vertus et la charité l'avaient fait canoniser par les
gens du village.

C'était avec une joie d'enfant que Prosper avait
retrouvé son premier bas-relief bien conservé, mais
jauni par la fumée; et, en l'examinant, il disait tout
bas : « Oui, j'étais né avec le talent de sculpteur... ce
talent naturel que les leçons des plus grands maîtres
ne donnent pas!... J'emporterai ce bas-relief, et je
veux qu'un jour il orne la pierre de mon tombeau. Il
y a loin de ce que je faisais alors à ce que je fais aujourd'hui... mais ce sera un vif plaisir pour moi de
conserver quelque chose du temps où les obstacles
semblaient se multiplier à chaque pas. »

Partout, Prosper retrouvait ces souvenirs pénibles
et doux qui attachent si fortement notre âme aux
lieux où s'écoula notre jeunesse.. Mais il fallait re-

tourner à Paris; Marianne et Toinette devaient venir l'y rejoindre... Il les quitta pour donner le reste de la semaine au docteur Gerbauld.

Depuis près de dix ans que Prosper avait quitté Reims, le bon docteur avait beaucoup vieilli. Ses yeux affaiblis par l'étude, bien plus que par l'âge, eurent de la peine à reconnaître Prosper, et Prosper, de son côté, eut de la peine à retrouver, dans ce vieillard, quelques étincelles de cet esprit juste et droit qui, autrefois, distinguait entre tous le bon docteur.

Maître Blanc se ressentait aussi du passage du temps. Il accueillit son élève avec une sorte de respect; en province, les célébrités et les lauréats des Académies de Paris, sont encore en honneur; tandis que, dans la grande ville, ils se perdent au milieu de la foule de tant d'autres célébrités du jour.

Prosper aurait bien désiré de revoir son ancien atelier; mais la maison ayant été élevée d'un étage, l'humble grenier était devenu une belle chambre à deux fenêtres sur la rue.

En quittant Reims pour revenir à Paris, Prosper avait l'âme attristée. Tant de changements en si peu d'années! tant de gens qu'il avait connus, aimés, déjà rayés du nombre des vivants!...

Peu à peu les idées sombres, les tristes souvenirs s'effacèrent, et Prosper s'abandonna à la joie de se sentir dans sa patrie.

Sa femme aussi était artiste (page 95)

X. — LA VRAIE GLOIRE

Les jeunes artistes qui concourent pour le grand prix et qui l'obtiennent s'imaginent qu'au retour de Rome les honneurs et la fortune leur échoiront en partage.

Il n'en est pas ainsi; les luttes avec le sort ne sont pas finies, et pour ceux que l'amour de leur art n'excite pas à de constantes études, et que ne soutiennent pas la persévérance et l'habitude bien *enracinée* du travail, ce commencement de célébrité s'évanouit comme une vaine fumée.

Prosper le savait; il savait encore que les brillantes connaissances qu'il avait pu faire en Italie l'entraîneraient, s'il prétendait à les cultiver à Paris, dans des distractions nuisibles à ses travaux et dans des

dépenses de toilette au-dessus de ses moyens pécu-
niaires.

Il avait d'ailleurs assez vu le monde pour comprendre qu'il ne possédait rien de ce qu'il faut
pour y réussir, et qu'il devait rentrer de lui-même
dans son obscurité première, jusqu'au moment où
quelque *chef-d'œuvre* le placerait au nombre de ces
artistes dont la France s'honore.

Trois années se passèrent sans que Prosper se crût
en état de se présenter pour faire admettre une seule
de ses productions au Louvre; et ces trois années
furent employées à s'assurer des moyens d'existence
qui ne dépendissent pas entièrement du moment et
des circonstances.

Un atelier de moulage devint, pour ainsi dire,
la pierre angulaire sur laquelle s'éleva plus tard l'édi-
fice de sa réputation et de sa fortune. Il avait apporté
de Rome, de Naples, de Florence des dessins origi-
naux qu'il reproduisit en bas-reliefs, en groupes,
auxquels son caractère de plus en plus sévère et
son goût de plus en plus épuré imprimaient un cachet
tout particulier.

L'atelier une fois bien monté et rempli d'élèves
assez avancés déjà dans leur art, Prosper revint à la
sculpture. Moins dédaigneux que ne le sont en général les élèves de Rome, il ne rejetait pas comme indignes de lui quelques travaux dont ses anciens camarades refusaient de se charger; et, conservant soigneusement l'habitude de se consacrer tout entier au
travail, il trouvait du temps pour l'étude.

Une médaille d'or remportée la première fois que
Prosper exposa au Salon, attira les yeux sur le jeune

artiste. De ce jour, commença pour lui une réputation méritée ; une réputation qui n'était point l'œuvre des journaux ni de quelques amis, et que le temps en s'écoulant devait accroître ; de ce jour aussi il eut des *entreprises*.

Alors il céda son atelier de mouleur au mari de Toinette, car Toinette avait trouvé à s'établir avantageusement, et Prosper, libre des entraves que lui avait imposées si longtemps la misère, connut l'existence indépendante et délicieuse de l'artiste en renom, partout recherché, partout accueilli.

N'ayant jamais usé et encore moins abusé d'aucun plaisir, il avait conservé cette fraîcheur de pensée, cette candeur d'âme qui prolongent la jeunesse et donnent une vieillesse paisible. Sa famille adoptive, heureuse par lui ; une foule de jeunes gens arrachés par lui à la misère ; tant de bonnes actions faites journellement avec grandeur et simplicité, et qui portent avec elles leur récompense, tels étaient les droits de Prosper à l'estime générale, à la considération publique et à ce bonheur intérieur dont son âme était avide.

Des peines amères vinrent cependant empoisonner ce bonheur si bien mérité, si bien senti. Prosper vit s'éteindre dans ses bras sa seconde mère, cette femme courageuse, cette amie tendre et dévouée dont il avait su embellir les derniers jours : son premier-né, le fils d'une femme chérie, lui fut enlevé à cet âge où l'intelligence et l'âme commencent à se développer par les soins d'un père...

Dans ces circonstances cruelles, Prosper sut encore

7

soutenir son noble caractère et déployer la force
d'âme dont il était doué.

La prospérité, la haute renommée qu'il devait à ses
travaux, ne l'avaient pas enivré au point de lui faire
croire que le talent dispense l'homme des douleurs
morales et physiques échues en partage à l'humanité
entière; il savait que l'homme, quel qu'il soit, dans
quelque rang que le sort l'ait placé, à quelque degré
que ses facultés intellectuelles l'aient fait parvenir,
n'allége le poids de la chaîne qui le lie à la terre que
par son courage à la supporter, et Prosper demanda
à l'étude, sinon des jouissances enivrantes comme
par le passé, du moins des distractions plus réelles
que celles que le monde peut offrir.

Sa femme aussi était artiste; elle aussi, elle avait
dû soutenir des luttes pénibles; elle aussi elle avait
été livrée dès l'enfance à ses propres forces, et si elle
n'avait pas tant aimé Prosper, elle ne lui aurait pas
fait le sacrifice d'un nom déjà célèbre parmi les peintres.

L'un et l'autre employèrent donc les mêmes moyens
pour vaincre la douleur la plus amère, et une douce
mélancolie succéda aux premiers élans d'un juste
désespoir.

Plus sages que ne le sont en général les artistes,
ils s'éclipsèrent de la scène du monde avant l'âge
où le pinceau et le ciseau vacillent dans une main
débile; et, assez riches pour assurer un paisible
avenir aux deux enfants qui leur restaient encore, ils
se retirèrent dans le petit village où Prosper avait vu
le jour.

Les fils de Prosper n'ont point hérité du talent do

leurs parents; mais ils ont hérité du moins de leur
bonté, de leurs vertus, et si le nom de Prosper Dumoulin s'efface chaque jour davantage du souvenir
de ses contemporains, aux environs de Reims le
pauvre le connaît, le chérit et l'illustre par des béné-
dictions qui montent bien plus haut que les vaines
clameurs de la terre!

LA

JEUNE MUSICIENNE

Ou affusait chez madame Adelmond (page 107)

LA JEUNE MUSICIENNE

I. — LA PROSPÉRITÉ

—Vois, donc, maman, quelle quantité de cartes de visite ! dit Emmeline qui s'amusait à les étaler sur la table à manger à l'heure du déjeuner. Depuis hier, nous sommes de retour, et tous nos amis accourent. Sais-tu, maman, que nous avons une foule d'amis, quoi qu'en dise M. Derville!

—Oh! M. Derville, répondit madame Adelmond, est de ces gens qui vous prédisent l'orage et la pluie quand le soleil brille. Par respect pour la mémoire de ton père, dont il était l'ami, je continue de l'inviter à ma campagne et à mes fêtes ici; mais sa présence ne m'est pas agréable : c'est comme une *objection vivante* à tout ce qu'on peut dire, penser et faire.

— Maman, sais-tu ce que je me suis imaginé quelquefois?

— Quoi donc, mon Emmeline?

— C'est que M. Derville, qui n'est pas riche, éprouve... un sentiment pénible...

— Oui, oui, un peu d'envie peut-être, en voyant les autres avoir des jouissances qui lui manquent et qui lui manqueront toujours. Je l'ai deviné comme toi, mon Emmeline; et, quoique l'envie ait quelque chose de repoussant, je le prends en pitié, à cause de son âge.

— Maman, ce que je ne conçois pas, c'est qu'un homme si âgé ait pu être l'ami de mon père!

— Je m'en suis étonnée souvent comme toi, et, plus souvent encore, je m'en suis impatientée. Il voudrait bien encore aujourd'hui que les choses allassent chez moi à son bon plaisir, comme du temps d'Adelmond; mais je suis en état de me conduire, et capable d'avoir une volonté. Je viens de lui en donner la preuve, en entamant ce procès auquel il s'opposait avec autant d'opiniâtreté que si le bon droit n'avait pas été de mon côté. Si ton père vivait encore, M. de Romey n'aurait pas eu l'impertinence de faire élever sur mon terrain le mur mitoyen qui sépare nos deux jardins : eh bien! je lui prouverai qu'une femme ne se laisse pas insulter impunément par un homme. Il me paiera toutes les petites vexations que mes gens ont souffertes, grâce au despotisme du garde champêtre, qui ne reconnaît que M. de Romey, qui ne respecte que M. de Romey, le *marquis de*

Carabas de ce petit pays. Je ne lui vendrai pas ma maison, à ce beau *marquis;* il aura beau faire, et ce procès le mènera plus loin qu'il ne pense!

Emmeline, enfant gâtée de quatorze ans, n'aimait, comme sa mère, que ce qui l'amusait, et détestait, comme sa mère, tout ce qui l'ennuyait. Or, à quatorze ans, les procès ne sont pas chose récréative; aussi détournait-elle l'entretien chaque fois qu'il roulait sur les démêlés de sa mère avec M. de Romey, sujet inépuisable pour madame Adelmond, qui était vive, un peu mauvaise tête, et très empressée de saisir toutes les occasions de prouver qu'elle s'entendait aux affaires, et qu'elle saurait faire repentir le *rustre* campagnard, son voisin, des impertinences qu'il s'était permises à son égard.

Les premiers jours du retour à Paris furent consacrés, comme de coutume, aux visites, aux emplettes nécessitées par le changement de saison, et à renouveler l'ameublement du salon, du boudoir; enfin, à perdre le plus possible de temps et d'argent en courses multipliées et en folles dépenses.

Madame Adelmond, riche par elle-même, élevée dans l'une des premières pensions de Paris et mariée fort jeune à un homme qui occupait un bel emploi civil sous l'Empire, alors dans toute sa splendeur, n'avait jamais connu la valeur réelle de l'argent ni du temps. Elle aimait le plaisir, la toilette, le luxe d'ameublement. Aussi longtemps que son mari, qui partageait ses goûts, avait vécu, elle n'avait eu d'autre souci, d'autre embarras que de varier ses plaisirs. Aujourd'hui, elle s'étonnait quelquefois en voyant que ses revenus ne pouvaient toujours suffire; elle projetait des réformes qu'elle n'exécutait point; et elle empruntait, et elle creusait sous ses pas un gouffre que chaque jour rendait plus profond.

Ce qui lui faisait trouver M. Derville insupportable, c'est que, connaissant parfaitement la fortune de madame Adelmond, il éveillait en elle des inquiétudes qui venaient la troubler, quoi qu'elle fît, et auxquelles elle n'échappait que par une vie dissipée et toute consacrée aux fêtes. Aussi employait-elle tous les moyens possibles pour éloigner ce sincère ami; mais, avec une patience inépuisable, il endurait les mots piquants, les sarcasmes et il savait se faire aimer d'Emmeline, quoique seul, peut-être, il ne l'eût jamais flattée. Elle avait presque peur de lui, de sa sévérité surtout, et, cependant, un éloge de sa part valait pour elle toutes les adulations dont on l'enivrait. C'est que M. Derville jouissait de la réputation d'homme de mérite autant que d'homme probe; c'est qu'il jugeait sainement de tout; c'est qu'à Paris même, dans les sociétés qu'il fréquentait, son jugement était compté pour quelque chose; et, quoiqu'il ne fût ni homme de lettres, ni artiste, les gens de lettres et les artistes redoutaient le blâme et recherchaient l'approbation de M. Derville.

Emmeline avait eu plus d'une occasion de reconnaître l'influence exercée par M. Derville, car au nombre de ceux que le plaisir attirait chez sa mère, se trouvaient des écrivains et des artistes; et, malgré elle, elle s'était accoutumée à croire, en beaucoup de choses, les jugements de M. Derville infaillibles. De là venait que, tout en redoutant sa sévère franchise, elle faisait souvent des efforts réels pour mériter de lui quelque encouragement. Parfois elle en obtenait; mais volontiers elle eût dit : « Encore! encore! »

Heureusement douée par la nature, Emmeline réussissait à ce qu'elle entreprenait; mais, comptant beaucoup trop sur des dispositions que de nombreux parasites portaient aux nues, elle était prompte à se décourager et à tout abandonner dès les premières difficultés qu'elle rencontrait. Satisfaite d'avoir des maîtres de langues française et étrangères, d'histoire et de géographie, de dessin et de musique, elle se croyait presqu'un prodige, parce qu'elle effleurait tout sans rien approfondir, et parce que, dans la journée, elle passait d'une étude à l'autre, quand elle avait *le temps* d'étudier.

Grâce à M. Derville, cependant, elle s'occupait assez constamment de musique, et déjà même elle était d'une certaine force sur le piano. Ce talent devait avoir la préférence, puisqu'il attire et fixe l'attention dans un salon. Emmeline y donnait aux moins deux bonnes heures par jour, et même quelquefois quatre et cinq heures depuis qu'elle étudiait le solfége. Elle avait une voix superbe; elle en était fière et elle la travaillait avec plaisir. Cette voix remarquable avait déjà inspiré un poète; une romance avait été dédiée à Emmeline, et jamais on ne s'adressait vainement à son amour-propre. Plaire et briller, briller et plaire, attirer les yeux par sa figure, par sa toilette, par ses talents, c'était le but unique de ses pensées et de ses désirs.

— Emmeline, disait M. Derville, vous avez quitté plus tôt que bien des jeunes filles de votre âge les lisières de l'enfance. (Emmeline rougissait de plaisir).

C'est dommage seulement que ce soit pour prendre les travers des femmes de vingt ans, coquettes et frivoles. (Emmeline rougissait encore, mais d'impatience cette fois). Quel dommage aussi, ajoutait M. Derville, que tout ce qu'il y a de bon et d'heureux en vous ne soit pas mieux dirigé! Vous possédez ce qu'il faut pour faire une femme de mérite : de l'esprit, une intelligence peu commune, une belle et bonne âme... Et pourtant je vous vois en chemin de détruire vous-même tous ces dons du ciel, et de vous ranger, par votre légèreté et votre nonchalance, dans la classe si nombreuse des femmes ordinaires!

— Mais, Monsieur, répondait Emmeline avec un peu d'aigreur, ce n'est pas ma faute si les journées passent de telle sorte qu'on n'a le temps de rien!

— Je sais le secret de trouver du temps pour tout, répondait M. Derville, c'est de se lever matin.

— On ne peut pas se lever matin quand on se couche tard.

— Il faudrait se coucher plus tôt.

— Mais cela reviendrait absolument au même.

— Pas tout à fait. On n'a point de visites à six heures du matin.

— Ah! Monsieur, que ferais-je de tout ce temps jusqu'à l'heure du déjeuner?

— Vous l'emploieriez à l'étude.

— Oui, pour réveiller les voisins avec mon piano!

— On met la sourdine. D'ailleurs, le soir vous les empêchez de dormir jusqu'à une heure ou deux heures après minuit sans profit pour vous-même; car vous n'avez garde d'étudier à cette heure-là!

— Etudier quand le salon est plein!

— Mais, ma chère enfant, le piano n'est pas la seule chose que vous ayez à apprendre.

— Je veux être musicienne avant tout!

— En ce cas, mon enfant, étudiez, travaillez; vous êtes encore, pour votre âge, peu avancée dans cet art, quoi qu'en puissent dire les flatteurs.

Emmeline se détournait et boudait, jusqu'au moment où le langage de la flatterie, en résonnant délicieusement à son oreille, venait lui rendre le contentement d'elle-même et de gaîté.

L'automne et l'hiver se passèrent cette année-là, comme les précédentes, dans l'enivrement des plaisirs, dans le tourbillon des dîners, des concerts, des bals, des spectacles. On affluait à l'ordinaire chez madame Adelmond, quoique les *habitués* de la maison, qu'elle appelait du nom d'*amis*, trouvassent fort ennuyeuse l'histoire du procès, du mur mitoyen et des impertinences de M. de Romey, racontée et répétée à tout propos et sans relâche. Madame Adelmond était une de ces personnes vives qui ont toujours à cœur une affaire principale, qui savent y rapporter tout et en occuper tout le monde. Gâtées dès le berceau, parce que dès le berceau leur fortune les a entourées d'hommages et de parasites, ces personnes-là ne doutent pas qu'on ne s'intéresse autant qu'elles-mêmes à tout ce qui peut les intéresser et les toucher de loin ou de près; et l'on s'y intéresse en effet, ou plutôt *en apparence*, aussi longtemps qu'un bon cuisinier prouve à chacun leur supériorité incontestable et le droit qu'elles ont de faire payer, par quelques moments d'ennui, les fêtes qu'elles donnent.

Le temps que madame Adelmond ne consacrait
pas aux soins de sa parure et de celle de sa fille, aux
assemblées et aux plaisirs, appartenait tout entier
aux gens de loi. Emmeline, abandonnée à sa propre
direction, n'avait donc pour ressource que son piano
lorsque l'ennui de l'isolement où elle se trouvait lui
pesait trop. Mais si elle étudiait par désœuvrement,
ce n'était pas sans désirer de bon cœur que ce procès
fût le dernier que sa mère prît jamais la fantaisie de
soutenir. Comme jusqu'alors elle avait été le principal objet de toutes les pensées de madame Adelmond, ce n'était qu'en se révoltant qu'elle se soumettait à la nécessité de céder aujourd'hui le pas à M. de
Romey, et elle détestait de tout son cœur ce voisin
de campagne ; quelques mois plus tôt elle l'avait
trouvé fort aimable, parce qu'alors il était au nombre
de ses admirateurs.

Ses pleurs coulaient toujours (page 115)

II. — Un ami

Un matin, Emmeline rencontra M. Derville qui
sortait de chez sa mère ; il avait la figure altérée, et il
passa à côté d'elle dans la salle à manger sans la voir.
La jeune fille hésita un moment à aller embrasser
madame Adelmond, ainsi qu'elle le faisait chaque
matin en se levant.

A peine madame Adelmond l'eut-elle aperçue,
qu'elle s'écria :

— L'as-tu vu, ce fou qui sort d'ici ?

— Qui donc, maman ?

— M. Derville. Ne veut-il pas que j'écoute les pro-
positions de M. de Romey ! Un accommodement
quand je suis sûre de gagner !..... Ce mur mitoyen lui
coûtera cher..... et à moi aussi, j'en conviens. Mais si

M. de Romey ne se voyait pas à la veille de perdre, demanderait-il un accommodement?

Et là-dessus madame Adelmond entra dans une foule de détails auxquels Emmeline ne comprit rien, sinon que le mur mitoyen avait ouvert un si beau champ à la chicane, que les deux plaideurs se trouvaient en grand danger d'être également ruinés, et qu'on n'irait probablement pas à la campagne cette année, parce que madame Adelmond ne voulait perdre aucune occasion de voir les avoués et les avocats chargés du soin de cette affaire.

Ne point aller à la campagne, fut le *malheur* qui seul frappa Emmeline dans tout ce que sa mère disait avec une volubilité sans égale. Elle se mit à pleurer.

— Console-toi, mon Emmeline, s'écria madame Adelmond tout émue des pleurs de sa fille; la maison de M. de Romey nous appartiendra l'an prochain. Il sera bien obligé de la vendre pour payer les frais du procès, et nous l'achèterons. C'est alors que nous aurons un beau jardin; son jardin anglais, son jardin potager dont il est si fier, et dont il vend les productions au lieu de les offrir à ses amis!... Va travailler, ou bien fais-toi conduire chez quelqu'une de ces dames par Joseph, et surtout ne pleure plus, car cela me fait du mal! Sois tranquille, te dis-je, ce procès va nous rendre deux fois plus riches que nous ne l'étions auparavant, au grand regret de M. Derville. Il semble se complaire à contrarier et à tourmenter les gens. Va, ma fille, il faut que j'écrive, et puis que je sorte.

Les parasites, ces êtres doués au plus haut degré d'un appétit robuste et des plus admirables facultés

digestives, possèdent un *flair* tout particulier qui les
instruit, sans jamais les tromper, du moment précis
d'un changement de fortune, lequel amène nécessairement d'autres changements très notables dans
le menu d'une table bien servie. Ceux qui se respec-
tent, se retirent quelque temps avant la catastrophe;
les autres attendent la ruine complète pour disparaître, et la solitude succède à l'encombrement. Les
simples connaissances, qualifiées du nom d'amis,
reviennent seules de temps en temps; mais le plaisir
les attirait surtout, le plaisir a fui; des soucis ron-
geurs ont sillonné le front de la maîtresse de la
maison; elle n'est point à ce qu'on dit; elle ne s'intéresse plus aux nouvelles du théâtre, des modes, des
arts; une pensée unique l'absorbe tout entière: si elle
parle, c'est pour répéter cent et cent fois ce que déjà
elle a dit à chacun; la patience se lasse, et les *amis*
disparaissent à leur tour, excepté..... un..... ou deux
peut-être; car les *vrais amis*, non seulement sont
rares en général, mais ils le sont encore plus pour
ceux à qui la fortune a souri dès le berceau, et qui ont
cru qu'on pouvait être aimé toujours sans prendre
aucune peine pour mériter de l'être.

Depuis trois mois, madame Adelmond était devenue méconnaissable. Sa fraîcheur, sa gaîté, sa bonne
humeur, tout s'était évanoui. Emmeline même, jusqu'alors si gâtée, ne trouvait dans sa mère qu'exi-
gence, caprices, distraction perpétuelle, et une
aigreur qui s'en prenait à tout de la désertion générale.

La jeune fille, de son côté, accablée par l'ennui,
effrayée à la vue des changements qui s'opéraient

journellement dans l'intérieur de la maison, profitait de la liberté qui lui était laissée pour passer le plus de temps possible hors de cette maison jadis animée et pleine, aujourd'hui triste et déserte. Mais elle ne trouvait auprès de ses jeunes amies que des consolations d'une nature si étrange, qu'elles augmentaient sa peine au lieu de la soulager. Partout on blâmait madame Adelmond; partout aussi on plaignait Emmeline en l'aigrissant contre sa mère. La légèreté de quelques personnes la lui montrait clairement comme la cause unique d'une ruine prochaine, et elle revenait au logis le cœur ulcéré, l'esprit exaspéré et toute disposée à voir, pour ainsi dire, de sang-froid, l'altération des traits de celle que, jusqu'alors, elle avait aimée par-dessus tout.

Comme M. Derville devait s'applaudir, à ce que pensait Emmeline, d'avoir si bien deviné tout ce qui arrivait, elle mettait le plus grand soin à l'éviter. Vainement il cherchait au contraire à la rencontrer; Emmeline, pour lui, était toujours sortie.

Un soir enfin, il pleuvait à verse ce soir-là, M. Derville apprit de la seule servante qu'il y eût maintenant chez madame Adelmond, que Mademoiselle était au salon.

Il ouvrit doucement la porte sans permettre qu'on l'annonçât, et il entra avec tant de précaution qu'Emmeline ne l'entendit pas.

Assise devant le piano, les bras croisés sur sa poitrine, elle rêvait tristement et pleurait tout ensemble. Elle ne songeait point à essuyer les larmes qui coulaient une à une sur ses joues. Sa contenance, sa parure négligée, ses cheveux en désordre, décelaient le plus profond abattement.

M. Derville, le cœur ému d'une tendre compassion, heurte légèrement un meuble pour avertir Emmeline de sa présence; mais elle reste immobile.

— Emmeline! dit-il enfin.

Emmeline se lève précipitamment, s'essuie à la hâte les yeux avec son mouchoir et tâche de faire bonne contenance.

— Ma chère enfant, dit M. Derville qui la prend par la main, la conduit au canapé et s'y asseoit auprès d'elle, pourquoi, jusqu'à présent, m'avoir évité; moi, l'ami de votre père: moi, votre ami! Croyez-vous que je sois resté indifférent à vos peines! croyez-vous que je n'aie pas deviné vos larmes!

A ces mots, Emmeline éclate en sanglots et veut fuir. Mais M. Derville serre plus fortement sa main dans les siennes, et elle demeure.

— Pleurez, mon enfant, pleurez! dit-il avec l'accent de l'affection. A votre âge, les larmes soulagent. Quand votre cœur sera un peu allégé du poids qui l'oppresse, nous causerons; nous parlerons de ce que j'attends de vous; de vous, en qui j'ai reconnu du caractère, de la force d'âme; de vous, ma chère Emmeline, dont j'ose tout espérer pour l'avenir.

Emmeline était si émue, qu'elle entendit à peine ces paroles. Dans tout autre temps elles auraient été douces à son oreille.

En vain la pauvre enfant voulait retenir ses pleurs; ses pleurs coulaient toujours.

Peu à peu cependant elle devint plus calme, et M. Derville lui dit :

— Si vous m'aviez cherché, ma chère Emmeline, comme je vous cherchais moi-même, vous auriez déjà pu éprouver qu'une douleur partagée est moins lourde à porter, et tous deux nous nous serions entendus pour alléger le fardeau de celle qui pèse sur votre pauvre mère; car elle est cent fois plus à plaindre que vous, Emmeline, puisqu'elle a des reproches à se faire!

La jeune fille ne répondit rien; mais sa contenance parlait pour elle.

— Vous accusez votre mère, je le sais et je le vois, reprit M. Derville, et vous l'accusez hautement, et vous osez vous plaindre d'elle! Cette conduite, Emmeline, est-elle digne de vous? Puisque vous en rougissez devant moi qui suis votre ami, combien plus en devez-vous rougir devant celui qui lit au fond des cœurs et dont la bonté ne se lasse point! Dans le monde, mon enfant, on vous juge, vous qui jugez votre mère; on vous blâme, vous qui osez la blâmer alors que vous devriez être la première à la défendre. N'est-elle donc pas assez malheureuse de s'être trompée, et ne s'est-elle pas préparé un avenir plus affreux que le vôtre ne saurait jamais l'être! car vous reviendrez aux sentiments de la piété filiale, et vous vous attacherez avec d'autant plus de force à remplir vos devoirs, que leur accomplissement se présentera comme plus difficile! C'est le seul moyen de vous garantir de ce qui dévore en ce moment votre malheureuse mère, du remords!

Les pleurs d'Emmeline coulèrent de nouveau, et elle baissa la tête sans pouvoir répondre encore.

— Ma chère enfant, reprit M. Derville, je dois vous

le dire sans ménagement, votre ruine me paraît certaine, et elle sera complète. Madame Adelmond, sans expérience des affaires, s'est trouvée entraînée beaucoup plus loin qu'elle ne comptait aller. M. de Romey, qui a soutenu et gagné plus d'un procès, gagnera encore celui-ci... Que dans votre courage, que dans votre dévoûment, votre mère trouve beaucoup plus qu'elle n'est menacée de perdre! Oui, vous pouvez lui rendre bien au delà de ce que le sort lui enlève! Songez-y, Emmeline, et que cette pensée vous relève à vos propres yeux; qu'elle vous excite à sonder votre cœur! Vous y trouverez des forces que vous ne soupçonniez pas; elles se développeront par l'usage que vous en saurez faire.

Emmeline continuait de se taire : l'idée de cette ruine complète que M. Derville lui annonçait, achevait de la bouleverser, et elle frissonnait en songeant que la misère succéderait à l'abandon où déjà elle se trouvait.

—O Monsieur, s'écria-t-elle soudain d'une voix entrecoupée par les sanglots, ne nous abandonnez pas à votre tour!... je vous en conjure!...

— Je ne vous abandonnerai pas, Emmeline, vous pouvez y compter; mais il faut ne point vous abandonner vous-même. Il faut oser voir votre position telle qu'elle est; vous dire que vous êtes jeune, forte, courageuse; que vous avez en vous-même des ressources qui manquent à beaucoup d'autres...

— Des ressources! ah! Monsieur, des ressources!..... Lesquelles donc?..... Je ne suis propre à rien..... et je ne possède plus rien sur la terre! Et

Emmeline pleurait, pleurait sans pouvoir se contenir.

— Ma chère enfant, reprit M. Derville, je conçois
que, dans le trouble où vous êtes, une seule pensée
vous domine, et que cette pensée vous glace d'effroi.
Mais si vous jetiez les yeux autour de vous, vous
reconnaîtriez que, dans le nombre de vos jeunes
amies, il en est beaucoup qui sont moins heureusement douées par la nature et qui deviendraient plus
que vous à plaindre, si l'infortune les accablait. Je ne
vous parlerai point des travaux à l'aiguille dans lesquels vous excelleriez si vous vouliez vous y livrer,
mais de votre talent sur le piano. M. Lebrun, professeur distingué, vous a entendue deux fois; il m'a dit
à moi, qu'il serait flatté de vous avoir pour élève;
dans sa bouche ce mot dit beaucoup; car assurément
il ne se doutait pas de tout l'intérêt que je vous porte,
et il *choisit* ses écolières.

Emmeline répondit avec émotion :

— Maman voulait me le donner pour professeur...
mais à présent.....

— A présent même, mon enfant, il sera votre professeur, si vous le voulez.

— Comment! Monsieur?... Puisque nous som-
mes... ruinées... Eh! d'ailleurs, qui sait... si... bientôt... j'aurai à moi... un piano!

— Tâchez de reprendre quelque sang-froid, ma
chère Emmeline, et veuillez m'écouter. Vous serez
ruinées, sans doute, votre mère et vous, si vous com-
parez la grande aisance dont vous avez joui jusqu'à
ce jour à la gêne où désormais il faudra vivre; cependant j'ai l'espoir que votre mère sauvera quelque

chose du naufrage. Ce sera bien peu, le nécessaire à
peine... mais combien manquent du nécessaire après
avoir eu du superflu! D'ailleurs, vous devez compter
sur moi, sans qu'il soit besoin que je vous le dise...
Ne m'interrompez pas, je vous prie. M. Lebrun a
chez lui une classe de musique. Travaillez, afin de
vous mettre en état d'y être admise. Ce sera moi qui
vous y conduirai trois fois la semaine et qui vous
ramènerai. La dépense par mois est peu de chose.
Quant à votre piano, il faut le garder quoi qu'il
arrive. Ce souvenir d'une ancienne opulence sera un
bien précieux, mon enfant, si vous y passez désormais vos journées tout entières; car, du talent que
l'étude développera en vous, dépend l'avenir de
votre mère et le vôtre. L'élève de M. Lebrun deviendra plus tard élève du Conservatoire, élève distinguée, et, plus tard encore, à son tour, professeur.
C'est donc de vous, ma chère enfant, que votre mère
peut tenir quelque aisance pour embellir ses vieux
jours. Cette idée ne ranime-t-elle pas votre courage?

— Oui, sans doute, Monsieur, répondit Emmeline
d'un air abattu; mais d'ici là...

— D'ici là, soutenue par la raison, par la résignation, votre tendresse soutiendra votre mère, lui adou-
cira les privations cruelles auxquelles elle va se
trouver condamnée; les diminuera par celles que
vous vous imposerez à vous-même, et la satisfaction
intérieure que vous sentirez d'accomplir sans faiblesse
et avec persévérance des devoirs difficiles, vous donnera la paix de l'âme et les forces qui en résultent
toujours; car, mon enfant, on est bien fort quand on

n'a rien à se reprocher, c'est-à-dire quand on fait tout
ce qu'on doit faire!

— Monsieur, dit Emmeline d'une voix un peu plus
ferme, je réfléchirai... je tâcherai de devenir ce que
vous voulez que je sois...; mais revenez, oh! revenez...
tous les jours; je vous en conjure!... Maintenant... je
ne vous fuirai plus!

— Je reviendrai, mon enfant, répondit M. Derville
avec émotion. Soyez bien certaine qu'en moi vous
avez retrouvé un père!

Cette chevelure est devenue toute blanche! (page 127.)

III. — L'INFORTUNE

M. Derville revint en effet tous les jours. Son secours était bien nécessaire à la pauvre Emmeline,
pour l'aider à surmonter des douleurs toutes nouvelles, puisque ces douleurs lui venaient de sa mère;
de cette mère jusqu'alors idolâtre d'Emmeline et
qu'Emmeline aujourd'hui trouvait sans indulgence
et même sans justice.

Il y avait cependant des moments où madame
Adelmond serrait sa fille dans ses bras avec des transports de tendresse inexprimables, où elle lui disait
tout ce que le délire de l'amour maternel peut inspirer à un cœur que le remords déchire, et auquel la
pensée d'avoir voué cette fille chérie à la misère infli-
geait de si cruelles tortures. Oh! comme alors, les
duretés, les injustices de tous les instants étaient ou-

bliées? comme alors Emmeline aimait et plaignait sa
mère! comme elle aurait voulu lui ôter la mémoire et
être la seule à souffrir!... Mais de nouveaux emporte-
ments, de nouvelles duretés, de nouvelles injustices venaient, tantôt aigrir encore Emmeline, et,
sans M. Derville, peut-être aurait-elle succombé dans
cette lutte; peut-être aurait-elle cru n'avoir pas en
elle-même assez de force pour la supporter; ce doute
l'eût conduite à s'abandonner au découragement,
plaie de l'âme si difficile à guérir.

Peu à peu Emmeline avait cessé de voir ses anciennes amies. Elle rougissait de leur avoir applaudi,
lorsqu'avec l'étourderie du jeune âge, toutes avaient
blâmé sa mère; elle se sentait moins malheureuse,
lorsque personne ne lui disait à quel point elle l'était,
et, avec une persévérance digne d'éloges, elle passait
des journées entières à l'étude.

Quelquefois, ses yeux obscurcis par les larmes ne
voyaient pas la musique placée sur le pupitre, et au
lieu d'exécuter le morceau qu'elle avait choisi, elle
se laissait involontairement aller à des inspirations
pleines de mélancolie. Les sons que le piano rendait
sous sa main tremblante avaient alors une expression si touchante, que les pleurs qu'elle versait devenaient moins amers; bientôt ils se tarissaient. Aux
accords de l'harmonie succédait une douce mélodie,
et, tout entière à ce qu'elle improvisait, Emmeline
s'oubliait elle-même; sa tête s'exaltait, quelques
sons sortaient de ses lèvres... Tout à coup le salon
désert retentissait de ces accents qui vibrent dans les
cœurs, les font palpiter et soumettent au musicien
tout ce qui l'entoure. C'était dans de semblables mo-

ments qu'Emmeline se sentait artiste! c'était alors
que, subjuguée elle-même par la puissance de son art,
elle se croyait forte contre les coups du destin, contre
les rudes atteintes de l'adversité; et c'était alors aussi
que, se laissant aller à de longues rêveries, pendant
que ses doigts formaient, comme d'instinct, encore
quelques accords, elle livrait son âme à une pieuse
compassion pour sa mère.

Par l'effet d'une divination soudaine, elle comprenait les souffrances du remords, et elle prenait l'engagement de chercher à les alléger.

Plus Emmeline donnait de temps à l'étude, plus se
multipliaient ces jouissances d'une exaltation ignorée
de ceux qui ne cultivent pas les arts avec amour,
avec passion, comme ils doivent l'être. Son piano
était pour la jeune fille, après M. Derville, le meilleur des amis. Elle y revenait avec empressement
lorsque sa mère, absorbée dans les tristes combinai-
sons de la chicane, n'avait pas un mot ni une caresse
à lui donner; elle y revenait lorsque cette malheureuse mère, livrée à un sombre délire, se montrait
pour elle injuste et dure; elle y revenait encore lorsqu'elle était parvenue, par ses soins affectueux, à
faire couler quelques larmes d'attendrissement sur
les joues hâves et creuses de madame Adelmond, et
toujours Emmeline trouvait dans son piano un inter-
prète docile autant que fidèle des mouvements si
divers de l'âme.

Parfois, madame Adelmond poussait l'injustice
jusqu'à reprocher à Emmeline son assiduité à des
études dont celle-ci n'osait pas lui dire ouvertement le but; d'autres fois, sa tyrannie allait jus-

qu'à lui faire fermer le piano et emporter la clé avec elle.

Emmeline se soumettait en silence. Ah! ce n'était pas au physique seulement que madame Adelmond avait changé! le changement moral était plus grand et plus désolant encore!

Mais ce que la jeune fille ne disait pas, M. Derville le devinait, et tout bas il admirait la résignation si vraie, la force de caractère que déployait depuis quelque temps cette enfant jadis bien gâtée.

« Courage! lui disait-il souvent; courage, Emmeline! Le moment de la crise approche! cette crise une fois passée, votre mère reviendra toute à vous! Elle comprendra ce que vous voulez faire; elle verra le but que vous vous proposez, et, à son amour de mère, se joindra le bonheur de pouvoir vous estimer! Ma chère enfant, une mère peut aimer et maudire tout ensemble sa fille, quand sa fille n'est pas ce qu'elle devrait être; mais quand sa fille est, au contraire, ce que vous êtes, chère Emmeline, croyez-moi, une mère est bien heureuse d'avoir à la fois à aimer et à bénir! »

Le jour de la *crise* arriva; M. Derville vint le matin chercher madame Adelmond pour la conduire au tribunal; mais il s'opposa à ce que Emmeline les accompagnât; et pendant la route il eut bien de la peine à relever le courage de la malheureuse femme qui se reprochait l'usage qu'elle avait fait, en sa qualité de tutrice, de l'autorité que lui donnait la loi, sinon de vendre, du moins d'aliéner ce qui lui appartenait ainsi qu'à sa fille...

Au retour, madame Adelmond parut aux yeux

d'Emmeline avec une figure animée, des yeux brillants, et en souriant elle lui dit :

« Tout est fini. M. de Romey triomphe. J'ai épuisé toutes les ressources qu'offrent les tribunaux pour obtenir justice ; je ne l'ai pas obtenue, mais du moins je n'ai rien négligé, et sa victoire lui coûte cher ! Nous verrons demain ce qu'il nous reste à faire..... aujourd'hui je suis un peu fatiguée..... Monsieur Derville, vous dînez avec nous ! »

M. Derville accepta.

Madame Adelmond demanda la permission de passer un instant dans son cabinet ; elle y resta une bonne heure.

Quand elle revint, ses yeux avaient le même éclat, ses joues brillaient d'aussi vives couleurs qu'à son arrivée chez elle.

Avec sa grâce accoutumée, elle fit les honneurs du modeste repas, parla beaucoup, rit souvent à gorge déployée, et enfin se montra si extraordinaire, que les yeux d'Emmeline ne cessaient de suivre tous ses mouvements ou d'interroger les yeux de M. Derville ; elle y lisait une inquiétude égale à la sienne.

Il ne se retira que lorsque madame Adelmond eut donné plusieurs fois à entendre qu'elle serait bien aise de se trouver seule avec sa fille ; mais avant de s'en aller, il dit à Emmeline, qui était allée le reconduire jusqu'à la porte : « A toute heure de nuit comme de jour, vous pouvez envoyer chez moi, ne l'oubliez pas, mon enfant. » Et aussitôt il la quitta pour ne pas éveiller les soupçons de madame Adelmond, qui appelait sa fille avec impatience.

Emmeline accourut ; mais sa mère la regarda sans

rien trouver à lui dire, sinon qu'elle avait besoin de repos, de solitude, et qu'elle allait se retirer chez elle.

« Bonsoir, mon Emmeline ! » Ces mots furent prononcés sans émotion; un léger baiser fut déposé sur le front de la jeune fille, et madame Adelmond s'enferma dans son cabinet.

Que cette nuit parut longue à la pauvre Emmeline! Elle la passa debout, dans des angoisses inexprimables. A chaque instant elle prêtait l' reille..... Plusieurs fois, elle crut entendre sa mère gémir, pleurer..... Sa main se levait pour frapper à la porte..... puis elle écoutait..... Le bruit de liasses de papier qu'on rangeait ou qu'on déchirait, lui faisait deviner que sa mère s'occupait de choses sérieuses, et pour lesquelles des témoins lui seraient importuns peut-être..... Emmeline tâchait de prendre patience, de surmonter ses inquiétudes.....

Vers le jour, le plus grand silence se fit dans la chambre de sa mère. Emmeline attendit une demi-heure..... une heure..... Ne pouvant plus résister à un effroi involontaire et vainement combattu, elle écrivit un mot à M. Derville, qui vint aussitôt; il amenait un serrurier.

La porte fut ouverte avec précaution et sans bruit..... Madame Adelmond, à moitié étendue sur sa causeuse, paraissait être endormie..... Elle dormait en effet d'un sommeil profond, mais agité. Des mots sans suite s'échappaient de ses lèvres...

Emmeline s'agenouille auprès d'elle, lui prend la main , et couvre doucement cette main de baisers. Madame Adelmond fait un mouvement brusque; le peigne qui retenait sa belle chevelure se détache.....

Emmeline jette un cri..... Cette chevelure, la veille encore d'un si beau noir, est devenue toute blanche !.....

M. Derville entraîne Emmeline, malgré ses efforts pour rester. Arrivé dans le salon, il lui dit :

« Il faut vous contenir; il le faut par amour pour votre mère! Si vos larmes pouvaient exciter les siennes, je ne craindrais pas de vous laisser pleurer devant elle; mais dans l'état d'exaltation où elle est, peut-être n'y verrait-elle que des reproches... Quel effrayant travail dans cette tête, pour qu'en une nuit les cheveux qui la couvrent aient entièrement blanchi! Du sang-froid, Emmeline, il en faut, et dans peu vous retrouverez votre mère! »

Emmeline eut la force de prendre sur elle. Secondée par M. Derville, elle parvint à éviter à sa mère les mille et mille détails qui réveillent à chaque instant le sentiment pénible des privations qu'impose l'infortune; en six semaines, la pauvre Emmeline apprit une foule de choses ignorées jusqu'alors. Elle reconnut qu'on peut se servir soi-même, diminuer, sans trop en souffrir, le nombre de ses besoins, et elle entrevit cependant l'espoir d'être heureuse encore dans la médiocrité à laquelle elle allait se trouver réduite. Mais en serait-il de même de sa mère? de sa pauvre mère, qui lui paraissait si extraordinaire, et qui était en effet dans un état fort singulier.

On eût dit que madame Adelmond avait perdu en partie la mémoire. A la plus simple question, elle tressaillait comme quelqu'un qui se réveille en sursaut; il fallait répéter plusieurs fois cette question, et la rattacher au passé par quelques mots, avant qu'elle pût parvenir à la comprendre; et alors encore, il lui fallait du temps pour y répondre. Elle n'avait rien dit qui eût pu faire deviner qu'elle s'était étonnée ou chagrinée à l'aspect de ses cheveux d'un blanc de neige; et M. Derville éprouvait des craintes qu'il cachait soigneusement à Emmeline.

Grâce à lui, le chaos des affaires de madame Adelmond s'éclaircissait peu à peu. Il travaillait, avec tout le zèle de l'amitié, à arracher aux gens de loi les débris d'une belle fortune, et à sauver du moins quelque chose. D'abord il avait dû craindre que tout absolument ne se trouvât englouti; ce qui resta, lorsque la justice eut fait vendre pour payer les frais si multipliés, c'était bien peu, de dix-huit à vingt mille francs.

— Cette somme est modique, dit-il à Emmeline; mais elle vous assure pour quelques années une existence, modeste il est vrai. Ma chère enfant, employez utilement ces années-là à perfectionner votre talent; vous serez alors en état de rendre à votre mère une partie de l'aisance à laquelle elle a été accoutumée.

— Je travaillerai! répondit Emmeline, le cœur gonflé d'espérance

Le jour où madame Adelmond prit possession de l'appartement très petit, garni de meubles fort simples, qu'elle devait habiter désormais avec sa fille, elle éprouva une émotion si vive, qu'Emmeline, sérieusement alarmée, voulait envoyer chercher leur ancien médecin.

« Non, non, dit M. Derville. Ne lui présentez en ce moment aucun souvenir du passé..... tâchons de la faire pleurer..... mettez-vous au piano..... essayez quelques accords.....

Emmeline hésitait. Elle se jeta au cou de sa mère, en la baignant de ses larmes, et en lui disant tout ce que la tendresse peut suggérer de plus touchant..... Madame Adelmond, les yeux secs, les joues pâles, suffoquait et riait de ce rire nerveux qui fait tant de mal.....

Emmeline court au piano, l'ouvre, fait entendre quelques accords... Madame Adelmond tressaille... Toute tremblante, Emmeline commence à jouer un air mélancolique que sa mère aimait beaucoup... Dès les premières mesures, madame Adelmond jette un cri, se couvre la figure de ses deux mains et fond en larmes... Emmeline s'élance vers elle, la serre dans ses bras, et leurs pleurs se confondent.

Madame Adelmond pleura longtemps. C'étaient les premières larmes qu'elle versait depuis près de six mois... Elle en parut soulagée. Le reste de la journée s'écoula plus paisiblement que M. Derville n'avait osé l'espérer.

Le lendemain, il trouva madame Adelmond moins absorbée en elle-même, plus prompte à saisir le sens des paroles qu'on lui adressait, et le soir il dit à Emmeline, en se retirant :

« Remerciez Dieu, mon enfant! votre mère vous sera rendue. »

Elles faisaient de longues promenades hors de Paris (page 132)

IV. — LA TACHE DIFFICILE

Emmeline était jeune, accessible à l'espérance et soutenue par le désir de devenir utile à sa mère ; dans sa jeunesse, dans ses espérances, dans son dévoûment, elle puisait la force de se soumettre à des privations de toutes les minutes ; il n'en pouvait être ainsi pour madame Adelmond, tourmentée de regrets inutiles et affaissée sous le poids du remords. Elle seule avait détruit jusqu'à l'avenir de sa fille ; elle se le disait à elle-même, et elle le répétait hautement chaque jour.

Vainement M. Derville cherchait à la réconcilier avec sa position actuelle, à lui faire comprendre qu'elle pouvait faire encore beaucoup en aidant au courage que montrait Emmeline, au lieu de l'abattre par ses larmes et par les repro·hes qu'elle s'adressait.

Madame Adelmond, que la fortune avait longtemps
gâtée, répondait avec aigreur aux représentations si
justes de son meilleur ami, s'étonnait qu'Emmeline
pût s'occuper de musique plus qu'au temps de leur
prospérité, et ne voulait pas entendre parler de la voir
devenir professeur un jour.

Elle reçut fort mal quelques-unes de ses anciennes
connaissances, qui étaient parvenues à découvrir sa
demeure. On venait, disait-elle, uniquement par
curiosité ; et ceux qu'un motif plus louable attirait,
finirent par s'éloigner comme les autres.

— Je vous en prie, dit un soir Emmeline à M. Derville, cessez de parler à ma mère de tout ce qui la con-
trarie, et laissez-moi le soin de l'amener doucement à
reconnaître la nécessité de me faire un état. Ma mère
est malade, M. Derville ; bien malade!... je le vois à
toutes ses actions!... Evitons de la contrarier, et vous
verrez qu'elle finira par revenir à la raison.

— Faites, ma chère enfant, répondit M. Derville
avec émotion ; et puisse l'amour filial vous inspirer!

— Il m'inspirera, vous pouvez y compter! répondit Emmeline.

De ce jour, elle prit, plus que jamais, à tâche de ne
mécontenter en rien sa mère. Par ses prières, elle
obtenait d'elle d'aller faire de longues promenades
hors de Paris : elle se prêtait aux rêves d'une imagination malade ; elle les soutenait par les rêves d'une
jeune et fraîche imagination ; et, peu à peu, elle
accoutumait madame Adelmond à voir dans sa fille
une artiste renommée, qui pouvait même, quelque
jour, devenir compositeur célèbre.

« Travaille donc davantage, disait depuis quelque

temps madame Adelmond. Si M. Derville m'avait parlé aussi raisonnablement que toi, je ne me serais pas opposée à tes études, et j'aurais enduré plus patiemment le supplice d'entendre le piano résonner tout le jour, lorsque mon âme est accablée d'une si amère tristesse. Mais ne me parle pas de te faire professeur. L'idée de te voir courir le cachet à ton âge, la pensée qu'on pourrait te traiter avec aussi peu d'égard qu'en général on en montre pour toutes les personnes qui enseignent, tout cela me révolte et me tue ! »

Emmeline se reprochait souvent de ne point dire toute sa pensée à sa mère, et de paraître espérer ce qu'en effet elle n'espérait pas; mais, du moment qu'elle cherchait à lui donner à entendre qu'en attendant la renommée il fallait vivre, que dans quatre ou cinq ans leurs dernières ressources seraient épuisées, madame Adelmond retombait dans ses humeurs noires et boudait comme un enfant.

Peu accoutumée aux détails du ménage et au travail, elle laissait tout le fardeau peser sur Emmeline, qui avait dû prendre une femme de peine pour faire le gros ouvrage, afin d'avoir au moins le temps d'étudier, et elle s'ennuyait. Emmeline imagina de lui inspirer l'envie de broder un meuble en tapisserie, pour le temps où *ses compositions musicales* leur auraient rendu l'opulence passée.

M. Derville, quand il apprit ce qui ne pouvait être à ses yeux qu'une fantaisie, se récria sur la folie d'une semblable entreprise, alors qu'on était obligé de calculer toutes les dépenses, et de se refuser ce qui n'était pas de première nécessité.

—Nous achèterons peu à peu, répondit Emmeline, les dessins, le canevas, la laine. Maman est si heureuse de cette idée, qu'il n'est pas de privations que je ne m'impose pour lui procurer les moyens de se satisfaire! Etant occupée, elle ne se plaindra pas autant de l'ennui que lui donnent mes exercices sur le piano, et du moins je la verrai sourire quelquefois.

M. Derville serra tendrement entre les siennes la main d'Emmeline, et lui dit :

— Dieu bénira vos efforts, mon enfant! mais soyez assez raisonnable pour faire en sorte que la tâche n'aille point au delà de vos forces!... Quand vous conduirai-je enfin chez M. Lebrun? c'est une dépense *utile* que celle-là?

— Maman veut m'y conduire avec vous, répondit Emmeline.

Elle ajouta, après un moment de silence, et en rougissant beaucoup :

— Vous nous aimez tant, Monsieur Derville, et votre bonté pour nous deux est tellement grande..... que je dois vous dire..... une chose..... qui pourrait vous rendre injuste envers..... ma pauvre mère..... si vous ne saviez pas la vérité tout entière.

— Qu'est-ce donc, Emmeline? Vous m'alarmez!

— Maman... est un peu... jalouse de l'amitié que je vous témoigne. . Voilà pourquoi elle est, depuis quelque temps, si froide avec vous.

— Etes-vous bien sûre, Emmeline, que ce soit en effet jalousie?

— Oui, M. Derville. Ce n'est pas sans peine que j'ai réussi à lui faire comprendre que, ne pouvant payer dix francs par leçon, il fallait bien me résigner

à aller à la classe du soir chez M. Lebrun. Pour l'amener à donner son consentement, je lui ai dit que vous
aviez offert de m'y conduire; aussitôt elle m'a répondu vivement...

— Continuez, Emmeline, et surtout soyez vraie!

— Eh bien! maman m'a dit qu'elle vous trouvait
beaucoup trop... serviable... Pardon!...

— Mon enfant, je ne peux me fâcher contre votre
mère ni contre vous.

— Maman a tout de suite ajouté qu'elle devait
accompagner partout sa fille; que c'était à la fois un
devoir et une jouissance, et qu'elle ne souffrirait pas
que, sans cesse, vous vous missiez entre nous deux...
Vous voyez bien, M. Derville, que la jalousie seule
a pu inspirer à maman des choses si injustes! J'ai cru
devoir vous le dire... afin que vous ne fussiez pas
trop... chagrin... de ce que maman elle-même pourrait vous dire dans un moment d'humeur. Peut-être,
cependant, ai-je mal fait..... mon intention du moins
était bonne...

— Ma chère Emmeline, répondit M. Derville, mon
air sérieux ne vient pas de mécontentement. Votre
mère, sans ressentir de jalousie, comme vous le
craignez, doit redouter pour sa fille le blâme qui
s'attache à une jeune personne de votre âge, lorsqu'un
homme, cet homme fût-il encore plus âgé que je ne
le suis, paraît la prendre sous sa protection immédiate
et journalière, alors qu'il ne lui est pas uni par les
liens du sang. Je n'ai pas senti toutes les conséquences de l'offre que je vous faisais, dans le moment de
trouble où je l'ai faite; depuis, je les ai comprises, et
l'observation de votre mère sur l'inconvenance de

vous confier à moi, lorsque seule elle a le droit de vous accompagner, est d'une grande justesse. Comment donc pourrais-je m'en fâcher? Comment donc pourrais-je ne pas applaudir à son dévoûment maternel? La mauvaise saison où nous allons entrer lui rendra ces courses du soir souvent pénibles; lorsqu'elle ne pourra vous conduire chez M. Lebrun, à cause de sa faible santé, je m'offrirai, mon enfant, et si votre mère me permet alors de vous servir de mentor, personne n'aura rien à dire.

— Que vous êtes bon ! s'écria Emmeline vivement touchée.

— Les enfants dévoués comme vous l'êtes, ma chère Emmeline, sont assurés de trouver partout obligeance et bonté. Mais que ce qui vient d'arriver vous prémunisse contre les idées que vous pourriez vous faire sur les motifs qui portent votre mère à agir de telle façon plutôt que de telle autre. Vous vous trouvez tout naturellement disposée, par l'affaissement moral que montre madame Adelmond, à vous croire capable non seulement de vous diriger vous-même, mais encore de la diriger aussi. Ce serait une grande erreur qui pourrait devenir la source d'une foule d'autres bien dangereuses. Madame Adelmond, vous venez d'en avoir la preuve, n'a point perdu le souvenir d'une foule de choses que vous ignorez complètement. Consultez-la donc toujours, et ne précipitez point votre jugement lorsqu'elle vous paraîtra opposée, sans motif raisonnable, à ce qui vous aura paru, à vous, tout à fait convenable ou de la plus haute importance. Le chagrin a pu altérer la rectitude de son jugement; mais le cœur maternel est doué d'un instinct sûr qui survit à tout, et qu'en tout temps on peut consulter avec certitude. En agissant ainsi, ma chère Emmeline, vous conserverez pour votre mère le respect filial qui lui est dû, et vous ne courrez pas le risque de vous égarer dans la route pour vous tout à fait inconnue, qu'on appelle la vie.

Pendant que M. Derville parlait, la rougeur qui couvrait déjà les joues d'Emmeline était devenue plus vive. Elle avait honte d'avoir prétendu faire preuve, aux dépens de sa mère, de la perspicacité dont elle se croyait douée, et elle sentait que ce respectable ami avait bien raison de vouloir la prémunir contre la prétention de diriger sa mère, et d'être, en tout, beaucoup plus prudente, plus sage et plus prévoyante.

Des réflexions sérieuses occupèrent la jeune fille le reste de la journée, et lui firent prendre la résolution de devenir désormais, ouvertement et en secret, aussi respectueuse et aussi soumise que jusqu'alors elle s'était montrée tendre et dévouée.

— Je ferai quelque chose de vous (page 116)

V. — Un beau jour

M. Lebrun logeait auprès de l'une des barrières de Paris, dans une maison charmante, décorée avec le goût qui distingue les artistes. Passionné pour son art, il ne prenait que des élèves déjà assez avancés dans leurs études, et encore choisissait-il, surtout, ceux en faveur desquels il avait ouvert une classe pour le soir. Il n'y admettait que les élèves qui se destinaient à la carrière d'artiste, et qui voulaient se présenter aux concours du Conservatoire, où lui-même était professeur de piano.

Un matin, madame Adelmond partit avec sa fille pour se rendre chez lui, et elle soupira lorsqu'en entrant dans la maison, elle retrouva ces apparences de l'opulence auxquelles elle avait été toute sa vie habituée.

On l'introduisit dans un beau salon au rez-de-chaussée, séparé de la salle à manger seulement par des colonnes entre lesquelles tombaient de riches draperies; dans ce salon, un magnifique piano, deux harpes et des pupitres portatifs en bois d'acajou; sur la cheminée une superbe pendule, des vases de porcelaine d'une rare beauté, et une foule de ces jolis riens dont s'encombrent les cheminées et les guéridons, dans les maisons riches. Des tableaux, des gravures encadrées avec plus ou moins de recherche, couvraient les murs du salon dont les deux fenêtres ouvertes laissaient apercevoir non seulement le jardin en amphithéâtre, mais une partie de Paris.

Madame Adelmond et sa fille durent attendre quelques instants. On entendait fredonner dans le jardin, dans la maison; il régnait partout un air de liberté et de bonne humeur, mais de cette liberté et de cette bonne humeur qu'on ne trouve que chez les artistes, et qui ont un caractère tout particulier. Enfin M. Lebrun parut. Il connaissait madame Adelmond, chez laquelle il était allé souvent passer la soirée dans le temps de son opulence, et il l'accueillit avec une cordialité pleine d'affection.

Mais dès qu'elle lui eut laissé entrevoir les vues ambitieuses qu'elle nourrissait pour sa fille, quoique celle-ci l'eût suppliée de n'en point parler, M. Lebrun répondit d'un air sérieux : « Madame, il faut dès à présent s'expliquer avec franchise. Mademoiselle votre fille m'a paru avoir pour la musique des dispositions marquées, peut-être même du talent; mais il y a loin de l'exécutant au compositeur, et, d'ici longtemps, les femmes auront de la peine à l'emporter sur nous, même à l'Opéra-Comique; tandis que, comme élèves d'un bon maître, elles peuvent tôt ou tard se faire une existence honorable et honorée en formant à leur tour des élèves. Entrer dans ma classe, c'est prendre l'engagement de concourir pour devenir élève au Conservatoire, et, une fois là, de concourir pour le grand prix. La voix de mademoiselle est belle; il faut la cultiver. Je ne me charge pas de ce soin; mais, avec ma recommandation, elle aura des leçons d'un professeur célèbre. Qu'elle étudie, qu'elle se dévoue tout entière à son art, et si elle répond à mes soins, je la présenterai moi-même au concours : mais, songez-y bien, je ne forme chez moi que des professeurs. Plus tard, si son génie l'inspire, qu'elle s'essaie dans la composition; et si, encore, à cette époque, elle annonce un talent marqué, je la mettrai en bonnes mains. Voilà, Madame, mes conditions et tout ce que je peux faire. »

Madame Adelmond demanda quelques jours pour réfléchir, au grand regret d'Emmeline qui aurait voulu que sa mère prît sur-le-champ une détermination, et l'on quitta M. Lebrun, après être convenu avec lui du jour et de l'heure où le talent d'Emmeline, pour le piano, serait mis à l'essai, si sa mère consentait à faire d'elle une artiste.

En sortant de cette maison, la mère et la fille gagnèrent la campagne. Toutes deux étaient rêveuses. Longtemps elles marchèrent en silence en se tenant par le bras, et enfin madame Adelmond s'assit sur un tertre de gazon, non loin de la grande route; elle se plaignait d'être fatiguée.

— Non, je ne saurais m'y résigner! dit-elle tout à coup en sortant d'une triste rêverie.

— Mais, maman, que faire alors? demanda Emmeline avec un peu d'émotion.

— Jamais la famille de ton père ne nous le pardonnerait!

— Cette famille ne nous a-t-elle pas abandonnées, maman? Nous ne pouvons compter que sur nous-mêmes, tu le sais, et pourvu que nous ayons pour nous l'approbation de notre conscience...

— Ton inexpérience du monde, mon Emmeline, te cache une foule de dangers...

— Maman, je n'en peux courir aucun, puisque toujours tu m'accompagneras... Oh! songe donc quel bonheur ce serait pour moi si quelque jour je pouvais te rendre les aisances de la vie! Nous pourrions alors avoir ce que tu désires tant, une jolie maison dans l'un des faubourgs de Paris, avec un jardin, une vue délicieuse... comme celle dont on jouit de chez M. Lebrun. Je sens en moi tout ce qu'il faut pour arriver à me faire un nom célèbre, et dès que j'y serai parvenue, moi aussi je choisirai mes élèves. Tu n'as pas oublié les dames... et de V...; tu as vu comme elles étaient recherchées; tu les recherchais aussi, toi; et tu sais qu'elles ont fait seules leur fortune! Maman, il y a de la gloire, je t'assure, à être professeur; des femmes peuvent le devenir, au Conservaroire même, pour le chant, au moins; je m'en suis informée. Qui te dit que je ne remporterai pas le grand prix, que je n'obtiendrai pas une de ces places si ambitionnées! O maman, je t'en prie, ne me ferme pas la seule carrière à laquelle je me sente appelée!

Maman, il y a de la gloire à être professeur (page 142)

Si tu savais avec quel bonheur j'étudie! Tu verras que M. Lebrun remarquera mes progrès depuis un an, et il reconnaîtra, quand il saura que je travaille sans maître, que j'ai vraiment du talent; et alors, maman, je serai son élève favorite comme j'ai toujours été l'élève favorite de tous mes maîtres; et en voyant ta fille se distinguer, réussir, tu seras heureuse et fière! oh! oui, bien fière, n'est-ce pas? »

Madame Adelmond ne répondait pas. Malgré elle, elle se souvenait du temps où, femme riche et femme élégante et à la mode, elle avait traité un peu du haut de sa grandeur les professeurs auxquels elle *payait* les leçons données à sa fille; aujourd'hui elle redoutait pour sa fille les dédains qu'autrefois elle s'était cru permis.

— Je réfléchirai, dit-elle encore. Et plusieurs jours se passèrent dans une indécision qu'Emmeline avait bien de la peine à supporter patiemment.

Pour abréger les heures, la jeune fille étudiait avec une ardeur extrême, et elle se disait tout bas :

« Oh! si j'étais encouragée par un bon maître, j'irais loin, je le sens! »

— Maman, dit-elle un soir, c'est pour demain que tu as promis une réponse à M. Lebrun.

— Nous irons la lui porter nous-mêmes.

Ivre de joie, Emmeline s'élance au cou de sa mère, et la remercie avec une effusion qui prouvait combien elle était heureuse de voir enfin s'ouvrir devant elle cet avenir auquel elle aspirait.

M. Lebrun avait deviné que, plus peut-être que toutes les autres mères, madame Adelmond avait besoin d'éloges pour sa fille; qu'elle ne supportait pas avec résignation les lois de la sévère nécessité, et qu'Emmeline aurait, en outre des difficultés de son art, bien d'autres difficultés à vaincre; mais il n'était point flatteur, et il évitait par-dessus tout de gâter ses jeunes élèves par des louanges excessives ou prématurées.

— Je ferai quelque chose de vous, dit-il à Emmeline, après lui avoir donné à exécuter à livre ouvert des exercices de sa composition, une sonate de Keiser, et une partition de la *Vestale*. Allez maintenant faire un tour dans le jardin; j'ai à causer avec madame votre mère.

Lorsqu'Emmeline revint, des larmes tremblaient encore suspendues aux paupières de madame Adelmond; mais il était facile de voir, à l'expression de sa figure, que la joie seule les avait fait couler.

Elle tendit les bras à sa fille et l'embrassa avec une tendresse depuis longtemps inaccoutumée.

— Je suis contente de toi, oui, bien contente, murmurait-elle à mi-voix. Mon Emmeline, tu feras mon bonheur et ma gloire!

Au retour, toutes les deux trouvèrent M. Derville qui arrivait.

— Mon vieil ami, dit madame Adelmond, en lui tendant la main, vous serez satisfait d'apprendre que tout est arrangé. Lundi prochain, je conduirai ma fille à la classe du soir. Quand je ne pourrai l'accompagner, vous me remplacerez, n'est-ce pas?... Il faut dîner avec nous aujourd'hui, en famille. Montons.

Emmeline fut bientôt prête à servir le modeste repas qu'elle-même avait préparé le matin avant de partir; car elle était devenue presque cuisinière, afin

de donner à madame Adelmond ses mets de prédilection, et de lui épargner bien de petites privations.

Pendant le dîner, il ne fut question que de la visite
du matin. Avec plus de facilité qu'à l'ordinaire,
madame Adelmond put rapporter une partie de ce
que lui avait dit M. Lebrun. Emmeline ayant eu pour
maître l'un des élèves de ce professeur, avait un
doigté excellent, la main à la fois ferme et légère, une
bonne tenue, les bras bien placés, le coup d'œil
prompt et déjà assez sûr pour suivre sa partie dans
une partition fort chargée; elle paraissait connaître
aussi assez bien les différentes clés, et pouvoir trans-
poser facilement.

— Dans six mois, oh! j'ai bien entendu, continua
madame Adelmond, il procurera quelques élèves,
des commençantes à ma fille, mais seulement pour
la rompre de bonne heure à l'enseignement. Il t'aime
déjà, mon Emmeline; oui, il t'aime; mais que sera-ce
quand il te connaîtra? O mon ami! ajouta-t-elle en
se tournant vers M. Derville, j'ai été bien déraison-
nable... Il faut me le pardonner!... hélas! cette enfant n'était point faite pour le sort que ma folie lui a
préparé!...

— Vous avez raison, répondit M. Derville en souriant; elle était faite en effet pour voir toutes les
‛icultés que la nature lui a données, enchaînées par
les misères du luxe et de la vanité. Aujourd'hui la
voici obligée de s'en servir, de valoir quelque chose
par elle-même et non par de beaux vêtements et un
brillant entourage; la pauvre enfant! elle est fort à
plaindre en vérité! Voyons, Emmeline, donnez-nous
quelque chose de Haydn ou de Mozart, mes deux au-

teurs favoris, et tâchez de ne point perdre au Conservatoire, où nous vous verrons briller quelque jour,
cette expression dont la plupart de nos musiciens ne
s'embarrassent guère; car on n'estime, en ce bien-
heureux pays de France, que la difficulté vaincue!

Ce jour-là fut un beau jour. Pour la première fois,
madame Adelmond laissa paraître quelques lueurs
de cette humeur charmante qui, jadis, la distinguait
et la faisait rechercher, et le soir, avec un cœur rempli
de la joie la plus pure, Emmeline remercia Dieu de
lui avoir rendu sa mère.

Emmeline alla se faire inscrire (page 153)

VI. — LE VRAI COURAGE

Ceux qui jouissent du talent des artistes en quelque genre que ce soit, ne se doutent point par combien d'études et de travaux ce talent est acheté. Ils n'entendent point, par exemple, le piano résonner pendant des journées entières, sous des doigts qu'on dirait infatigables ; la voix filer des sons et vocaliser sans relâche, pour acquérir cette justesse de ton, cette pureté, cette sûreté et ce moelleux qui enivrent et enchantent. Mais les voisins en savent quelque chose, et plus encore la mère du musicien ou de la musicienne.

Madame Adelmond sentait souvent sa patience épuisée tout en admirant la persévérance de sa fille, et sa fille cherchait inutilement à lui faire partager l'enthousiasme dont elle était enivrée pour les Œu-

vres de Marcello, de Palestrina, pour l'*Oratorio* de
Bach, le *Messie* de Hœndel, la *Création* de Haydn,
le *Requiem* de Mozart; mais c'était peine perdue.
Madame Adelmond déclarait ne pouvoir souffrir ce
qu'elle appelait, en vrai *barbare*, du *plain-chant;* les
beautés de la fugue et du contre-point la trouvaient
aussi insensible que celles du solfège, et elle ne se
mettait pas en peine de chercher à comprendre les
explications que lui donnait Emmeline sur les règles
de l'harmonie et de la composition.

« Heureusement, disait-elle d'un grand sérieux,
mon oreille s'endurcit au point que je deviens, pour
ainsi dire, sourde pendant des heures entières; et
alors Emmeline peut chanter, vocaliser, étudier, sans
que j'entende une seule note. »

Et ceci, madame Adelmond le disait à tout le
monde, à M. Lebrun lui-même, qui alors se contenait
avec peine. Ne pas aimer la musique avec passion,
avec délire, n'y point sacrifier, c'était, à son avis, être
indigne de vivre.

Comme il ne voulait pour élèves que des artistes,
il s'assurait souvent par quelques épreuves qu'Emmeline n'était pas une *machine exécutante* seulement; s'il en avait acquis la certitude, nul doute qu'il
ne l'eût abandonnée; mais Emmeline, au contraire,
répondait à ses soins de manière à lui prouver qu'elle
en sentait le prix et qu'elle mériterait un jour ce beau
titre d'artiste dont il était si fier. Aussi devint-elle
son élève de prédilection, et avant les six mois fixés
par lui-même, elle avait déjà des écolières.

Alors commencèrent pour Emmeline les contrariétés, les dégoûts dont la carrière d'un professeur,

qui n'a pas encore de nom, est toute semée. Son
jeune âge, sa jolie figure étaient autant d'obstacles et
de dangers à surmonter et à braver; mais ce n'était
pas tout; il fallait faire entendre raison à madame
Adelmond, qui ne pouvait se résigner à voir sa fille,
âgée de moins de seize ans, aller seule dans des
maisons inconnues. Emmeline était obligée de cacher
à sa mère les airs de hauteur et les désagréments que
parfois elle essuyait, afin de ne pas augmenter une
aversion trop fondée pour un état auquel, cependant,
il était si nécessaire de se rompre de bonne heure.
Plus que jamais Emmeline sentait la nécessité de se
faire un revenu fixe, seul moyen de subvenir aux
dépenses nécessitées par ses études même qui, en
prenant tout son temps, l'obligeaient de renoncer à
s'occuper des détails du ménage. Elle voulait que sa
mère eût à supporter le moins de privations possible,
et elle comprenait à merveille ce que M. Derville lui
avait dit tant de fois, combien il était important que
les vingt mille francs qu'il avait sauvés du naufrage
restassent presque intacts entre les mains du notaire
chez lequel il les avait placés.

« Jusqu'à présent, disait-il, le produit de la vente
de vos meubles, de vos bijoux, de vos parures, a suffi
à vos modestes dépenses; mais cette petite somme
s'épuise... Ma chère enfant, faites en sorte de conserver à votre mère mille francs de rente. C'est bien peu;
mais enfin c'est quelque chose. Déjà vous pouvez
espérer d'arriver bientôt à doubler ce mince revenu...
Courage, mon enfant! Lorsque l'opulence écrase on
vous dédaigne; lorsque la sottise cherche à vous
humilier, songez à votre mère, à ce que vous pourrez

faire pour elle par votre persévérance, et vous sentirez votre supériorité. »

Emmeline souffrait donc courageusement et en silence; elle ne montrait à sa mère qu'un visage ouvert et gai, sur lequel ne restait pas la moindre trace des larmes versées pendant la nuit; et elle oubliait, dans ses études, et les dégoûts de la journée, et ceux qui l'attendaient pour le lendemain. Seulement, elle se disait quelquefois, en partant pour aller donner des leçons bien peu payées : « Les commencements sont difficiles! mais il faut se faire connaître..... Ne suis-je pas assez heureuse que M. Lebrun veuille bien me produire!... Armande, Elisa, Augustine et Léonie m'envient ses bontés..... Ce n'est pas ma faute s'il fait moins pour elles que pour moi!... Entre artistes devrait-on s'envier ainsi!... D'ailleurs, elles dédaigneraient toutes ce que j'accepte avec reconnaissance... C'est bien peu de chose en effet que vingt ou trente sous par leçon!..... mais les gagnerais-je dans toute ma journée si je la passais à broder? Non certainement, et pour les gagner, cependant, il ne me faut sacrifier qu'une heure! »

Les personnes qui croient toujours payer trop chèrement les leçons données à leurs enfants, ignorent la longueur des études nécessaires pour arriver à être en état d'enseigner; les artistes l'oublient. Ainsi faisait Emmeline. Comment aurait-elle pu songer à faire entrer en ligne de compte ce qui était pour elle la source des plus vifs plaisirs, des jouissances les plus grandes et les plus pures!

Depuis près d'un an, Emmeline suivait la classe de M. Lebrun; elle croyait ne pouvoir se présenter aux concours, pour l'admission comme élève du Conservatoire de musique, que l'année d'ensuite ; sa surprise fut grande lorsque le professeur lui dit de se préparer pour cette année même.

« Il y a deux places à donner, chose rare, ajouta-t-il. Je connais les élèves qui doivent se présenter pour le piano et pour le chant ; les uns pourraient être admis avec justice ; les autres, s'ils y réussissent, le devront à la faveur. Je vous le dis avec vérité, Emmeline, vous êtes de force à lutter contre les concurrents que le sort vous donne. Travaillez donc sans relâche, et mettez-vous en état de me faire honneur. »

Madame Adelmond pleura de joie lorsqu'Emmeline, qu'elle n'avait pu accompagner ce soir-là, lui apporta au retour cette bonne nouvelle. Aussitôt son imagination travailla pour trouver à sa fille, dans leurs anciennes connaissances, un protecteur puissant, et elle nomma plusieurs artistes qui venaient autrefois familièrement chez elle.

Emmeline se taisait.

— Maman, dit-elle enfin, ne seras-tu pas bien plus heureuse si personne ne peut dire, dans le cas où je serais admise, que mon admission est due à la faveur ?

— Sans doute, répondit madame Adelmond. Mais se présenter et se voir renvoyée à l'année suivante, c'est un affront...

— Qui peut être fait au très jeune talent d'Emmeline, reprit M. Derville, sans qu'elle ait à en rougir par la suite. Au lieu que le sceau imprimé sur un jeune front par la faveur, ne s'efface presque jamais. Veuillez m'écouter un instant, ma vieille amie, et avec quelque indulgence. L'intrigue s'agite au Conservatoire de musique autant et plus peut-être que partout ailleurs; plus encore peut-être qu'ailleurs, on y cède à l'influence de la protection, de la faveur. Les classes sont encombrées d'élèves qui n'y devraient pas être, si le talent était le seul titre d'admission. Voudriez-vous que votre fille fût placée, dès en se présentant, dans les rangs de ce qu'on appelle *piliers* du Conservatoire? parmi ces écoliers, ces écolières qui ne seront jamais professeurs, et dont on ne pourra se débarrasser un jour, afin de faire place à des jeunes gens qui promettent de devenir de vrais artistes, qu'en partageant entre deux ou trois le grand prix qui ne devrait appartenir qu'à un seul?

— Non, certainement! s'écria madame Adelmond. Je veux que mon Emmeline soit distinguée, là comme ailleurs, par un talent réel. Mais quelques mots de recommandations ne sauraient nuire...

— Maman, s'écria Emmeline, M. Lebrun les dira.....

— Et peut-être l'accusera-t-on de partialité, reprit M. Derville. Ce sera à vous, mon enfant, à prouver ensuite que vous méritez cette partialité, bien excusable d'ailleurs, d'un professeur pour une de ses élèves. Travaillez donc! Mettez-vous en état de montrer que votre ambition n'est point trop haute, qu'elle n'est pas non plus prématurée, et si vous entrez au Conservatoire, ne croyez pas que votre titre d'élève vous donne le droit de travailler moins, de vous reposer; mais aspirez à monter plus haut, et plus haut encore.

Emmeline alla avec sa mère se faire inscrire au nombre des concurrents. Elle éprouva une vive émotion en entrant dans ce sanctuaire de la mélodie et de l'harmonie, et elle était si troublée, qu'elle ne prit point garde aux figures étranges qui allaient, venaient, sans but apparent, avec des yeux brillants, des sourires moqueurs ou gais, des costumes plus ou moins négligés et qui tous avaient quelque chose de bizarre.

Chacun fredonnait, sans s'inquiéter des *fredons* ou des éclats de voix du voisin, ni des sons confus des instruments qui devenaient sourds ou éclatants, suivant que les portes se fermaient ou s'ouvraient.

Madame Adelmond, moins préoccupée que sa fille, revint au logis, fort mécontente des observations nombreuses qu'elle avait faites en si peu de temps.

Elle avait été choquée de la tournure singulière des hommes, de l'air évaporé des jeunes femmes, des jeunes filles qui avaient passé plus ou moins rapidement sous ses yeux, comme des gens familiers en ce lieu. Elle aurait dû cependant s'accoutumer, depuis qu'elle conduisait Emmeline trois fois la semaine chez M. Lebrun, à la *disinvoltura* toute particulière aux musiciens, à leurs manières originales, à leur indifférence complète pour la toilette, les convenances, les petits usages du savoir-vivre : mais, chez le professeur, ne régnait pas une liberté aussi grande qu'au Conservatoire, quoiqu'elle fût très grande cependant ; il s'y trouvait encore une certaine politesse, qui tempérait un peu le *sans-gêne* de l'artiste.

Emmeline devina promptement que quelque chose avait choqué sa mère.

— Oui, répondit madame Adelmond à ses questions ; oui, je vois à regret ton nom mêlé à ceux de tous ces gens-là. Je te déclare que, lorsque je ne pourrai pas t'accompagner au Conservatoire, si tu y es admise, tu te passeras de la leçon ; car jamais je ne t'y laisserai aller sans moi. Quel ton ! quelles tournures ! quelles manières !

— Je n'en ai rien vu, maman, dit Emmeline avec douceur. M. Lebrun assure qu'on perd souvent le temps les jours de classe, et cependant obtenir le titre d'élève du Conservatoire est nécessaire pour sortir plus tard de la foule ; voilà pourquoi il a voulu me faire concourir. Songe donc maman, qu'un seul prix remporté me donnera un nom !...

— Bon ! ne pourra-t-on pas dire de toi quelque jour, ce que disait l'autre jour M. Derville au sujet de ces *piliers* du Conservatoire dont on se débarrasse avec un *tiers* de couronne !

— On pourra le dire, maman, mais non le prouver ! s'écria Emmeline les joues en feu. Oh ! je t'en conjure, ajouta-t-elle en se jetant à son cou, ne me décourage pas, maman ! encourage-moi, au contraire ! J'en ai bien besoin, quand je pense au jour de l'examen ! Et cet examen est public ! et la foule s'y presse ! et l'on est là, en vue, sur un théâtre !...

Emmeline cacha ses joues brûlantes dans le sein de sa mère.

—Tu l'as voulu! répliqua madame Adelmond avec un peu d'aigreur.

— Oui, maman, et je le veux encore, reprit Emmeline, qui releva la tête. Oui, je le veux, parce qu'*il le faut!*... O maman!

Elle accabla de caresses sa mère, qui paraissait ne pas deviner tout ce qu'il y avait de dévoûment dans cette *volonté* d'Emmeline ; et pourtant madame Adelmond le devinait.

Elle vit une robe éclatante de blancheur (page 164)

VII. — L'AMOUR MATERNEL

Oui, sans doute, Emmeline avait du courage, de
la persévérance ; mais sa mère en montrait plus encore peut-être. Dans la jeunesse, on se plie, avec
moins de peine que dans l'âge mûr, à la nécessité de
prendre de nouvelles habitudes ; les privations qu'a-
mène l'infortune sont grandes sans doute ; mais peu-
vent-elles être comparées à celles qu'éprouve une
personne dont l'existence a été douce et agréable
depuis le berceau, et qui, à l'époque où les goûts, le
caractère ne changent guère, doit cependant se faire
un autre caractère et d'autres goûts ?

En accusant, malgré elle, sa mère de ne pas se
montrer toujours *raisonnable*, Emmeline était bien
plus injuste envers madame Adelmond que madame
Adelmond ne l'avait jamais été à son égard, et elle ne

voyait pas avec assez de reconnaissance que les pré-
ventions de sa mère, contre la carrière où elle voulait
entrer, avaient une tout autre source qu'un vain
orgueil et que le sentiment d'une vaine dignité.

Quelquefois elle se souvenait cependant de ce que
M. Derville lui répétait sans cesse, de la nécessité de
reconnaître qu'elle ne savait rien de ce monde où elle
ne faisait que d'entrer, et de supposer à madame
Adelmond au moins l'*instinct maternel* toujours si
sûr; alors elle rougissait, et elle revenait auprès de
sa mère, repentante et soumise. Mais Emmeline
n'était pas encore arrivée à l'âge où l'on sent enfin de
combien de sacrifices journaliers on a été l'objet, et
ce fut seulement plus tard qu'elle comprit tout ce
qu'il en avait dû coûter à madame Adelmond, pour
se soumettre avec résignation et patience à ce que sa
nouvelle position avait exigé d'elle.

En effet, pour une femme du monde accoutumée à
toutes les aisances de la vie, ce ne pouvait être peu
de chose que de s'en voir non seulement privée dans
son intérieur, mais que de se trouver encore obligée,
par le chaud, le froid et la pluie, de conduire sa fille
dans une maison où rien ne pouvait l'attirer elle-
même. Ce n'était pas peu de chose non plus que d'entendre toute la journée et tous le jours faire de la
musique, alors qu'elle avait le cœur gros de soupirs
et les yeux pleins des larmes excitées par les fréquents
souvenirs du passé; par ces souvenirs qui venaient
lui apporter à la fois des regrets et des remords; et
madame Adelmond avait encore besoin de tout le
courage dont une mère seule est douée, pour dissi-
muler les craintes trop fondées que faisait naître dans

son esprit la seule pensée des dangers auxquels sont exposées les jeunes artistes, lorsque surtout la nature leur a donné les avantages extérieurs.

Il fallait certainement qu'Emmeline se fît un état, puisque, par la faute de sa mère, elle se trouvait ruinée; *il fallait* de même profiter des dispositions heureuses qu'elle possédait et de la bienveillance de M. Lebrun; mais, dans cet avenir qui se montrait au loin, madame Adelmond ne voyait qu'Emmeline, de même qu'Emmeline ne voyait que sa mère. Toutes les deux d'accord sur bien des points, toutes les deux occupées mutuellement l'une de l'autre, et faisant sans se lasser tous les sacrifices que peuvent inspirer l'amour maternel et l'amour filial, ne s'entendaient pourtant pas. Madame Adelmond pouvait soupçonner sa fille de légèreté, ce qui augmentait ses craintes pour la suite; Emmeline croyait reconnaître, dans l'opposition constante de sa mère à ce qu'elle jugeait inévitable, quelques signes certains que l'affaiblissement moral auquel madame Adelmond avait été longtemps soumise subsistait encore, et une sorte de gêne régnait entre une mère et une fille également dévouées.

Pendant qu'Emmeline se préparait, par des études et des exercices continuels, à subir à son avantage cette épreuve publique, dont la seule idée la faisait frissonner, madame Adelmond lui préparait en secret une toilette simple, mais élégante. Retirée dans sa chambre, dont la porte était recouverte d'une espèce de portière en tapisserie, qui assourdissait un peu les sons de la voix et du piano, elle achevait de broder une pèlerine pour sa fille qui, peut-être, en ce

11

moment, sentait vaguement le besoin de sa présence et une sorte de mécontentement involontaire de ce que madame Adelmond s'enfermait comme de coutume, au lieu de rester auprès d'elle pour l'encourager et pour lui dire : « Il faut accentuer un peu plus ce passage... voilà un trait qui est parfaitement rendu... ta voix est pure et nette; il ne te manque qu'un peu d'étude pour en faire ce que tu voudras! » et tant d'autres de ces mots qu'une mère seule sait trouver et dire. Oui, Emmeline aurait voulu que madame Adelmond fût là; qu'elle l'avertît si elle exécutait avec plus de hardiesse certains passages sur le piano, que, la veille, M. Lebrun lui avait reproché d'attaquer trop mollement. C'est qu'elle devait le lendemain soir répéter chez son professeur, au milieu d'une brillante assemblée, le grand air que depuis huit jours elle s'exerçait à déclamer et à chanter, et des fantaisies hérissées de difficultés, composées pour le piano par M. Lebrun, pour la solennité du concours.

A l'heure du dîner seulement, la mère et la fille, également heureuses, se réunirent, et le soir M. Derville vint les chercher pour les conduire chez le professeur.

Ce n'était pas la première fois qu'Emmeline se mettait au piano et chantait devant tant de monde. M. Lebrun avait pour habitude d'*aguerrir*, comme il disait, ses élèves, en les invitant tour à tour aux concerts qu'il donnait une fois la semaine, et en les livrant aux observations comme aux critiques amicales d'un public bien choisi; mais la pensée que dans deux jours elle aurait pour public les artistes les plus célèbres non seulement de Paris, mais de l'Europe entière, la troublait d'avance, et lorsque le professeur, se mettant au piano, lui dit de *faire son entrée*, et de se poser pour commencer le récitatif, Emmeline pâlit, rougit, chancela, se couvrit la figure de ses deux mains, et, toute tremblante, courut se réfugier dans les bras de sa mère.

— Ne faites donc pas l'enfant, dit le professeur d'un ton froid. Il est important pour vous d'être admise au moins à la classe de solfége, si votre timidité vous empêche de prouver que vous possédez déjà l'instrumentation à un degré extraordinaire pour votre âge. Songez, mademoiselle Adelmond, qu'en cette circonstance il s'agit non seulement de vous mais de moi. Ici, vous êtes avec des amis. Après-demain, au Conservatoire, vous serez encore avec des amis. Les artistes de tous les pays sont frères, et les jours de concours pour les classes, la salle n'est ouverte qu'aux artistes. Allons, un peu de hardiesse! Là-bas, comme ici, vous le savez, c'est moi qui tiendrai le piano; comptez sur moi, et prouvez que je peux compter sur vous.

Emmeline, ainsi encouragée, fit effort sur elle-même pour vaincre son émotion, et, d'une voix encore bien tremblante, elle dit le récitatif qui précède ce morceau de *Roméo et Juliette* : *Ombra adorata, aspetta*. Elle l'avait choisi de préférence à tout autre, parce que c'était un de ceux qui allaient le mieux à sa voix, et surtout un de ceux qu'elle aimait. Peu à peu, tout ce qui l'entourait disparut à ses yeux; sa voix s'affermit pendant le récitatif; Emmeline le termina par des *fioritures* faciles et légères; et, avec une expression qui prouvait qu'elle sentait ce qu'elle chantait, elle dit le morceau tout entier sans donner le moindre signe de timidité.

Des applaudissements multipliés couvrirent son front de rougeur ; encore une fois, elle courut se réfugier auprès de sa mère.

— Ah ! si c'était ainsi après-demain !..... murmurait-elle à l'oreille de madame Adelmond. Maman, quel bonheur !

Madame Adelmond était trop émue pour pouvoir répondre. Plus que sa fille peut-être elle était effrayée de cet *après-demain* où l'on ne serait certainement pas entouré d'amis indulgents, et elle serrait fortement dans la sienne la main de sa fille. Pauvre mère ! deux années auparavant elle avait rêvé pour Emmeline un triomphe au moins aussi brillant que celui d'aujourd'hui, mais non pas comme un acheminement à l'admission au Conservatoire !

Dans la soirée, Emmeline, encouragée par ce premier succès, hésita moins à se mettre au piano, à chanter encore, et lorsqu'elle se retira avec sa mère et M. Derville, son âme était gonflée d'une joie bien plus vive que celle qui n'est donnée que par l'orgueil, car elle se sentait des forces pour soutenir l'épreuve du surlendemain.

Tout occupée de ses exercices, elle n'avait pas songé un seul instant à sa toilette. Quelle fut sa surprise lorsqu'en se levant de bon matin le *grand jour*, elle vit auprès de son lit une robe éclatante de blancheur, un chapeau de paille simple et frais orné de rubans de couleur paille, des gants blancs et longs, une ceinture couleur paille et une pèlerine richement brodée! Elle demeura stupéfaite, et une vive rougeur colora ses joues. Ce qu'elle éprouvait en ce moment était un sentiment mêlé de gratitude et de honte; oui, de honte, car elle n'avait pas su deviner pourquoi, depuis plus de trois semaines, madame Adelmond était restée constamment enfermée dans sa chambre, et n'avait eu rien à montrer du travail de la journée, ainsi que c'était sa coutume quand elle avait fait ce qu'elle appelait sa *tâche* en tapisserie.

Emmeline entr'ouvre doucement la porte qui communique de son étroit cabinet à l'alcôve de sa mère... Madame Adelmond ne dormait pas... Elle sourit à sa fille et lui tend les bras.

— O maman! maman! s'écrie Emmeline, qui s'élance à son cou avec vivacité. Pardonne-moi! je n'ai rien deviné!

— Tu ne me savais pas si adroite, n'est-ce pas? demande madame Adelmond, dont la figure a une expression de gaîté inaccoutumée.

— Ma bonne mère!

— J'ai eu la patience de défaire une de tes robes pour avoir un patron, car je n'ai jamais été couturière de ma vie... Pourvu encore que celle-ci aille bien!... Fais-moi le plaisir de l'essayer tout de suite. Et ma pèlerine, tu ne m'en dis rien? Je l'ai achetée rue Vivienne, toute dessinée, le jour où nous sommes allées chez ton marchand de musique...

— Mais, maman, je ne t'ai pas quittée ce jour-là!

— Non, mais, moi, je t'ai quittée pour aller choisir un ruban; c'est la ceinture... Il ne faut pas beaucoup de temps à une mère pour *attraper* sa fille. Tu ne me croyais plus assez d'esprit pour cela, je parie! (Emmeline rougit). Voyons, essaie ta robe..... Si elle n'allait pas bien, j'en serais désolée..... Elle est à la mode, tout à fait à la mode. Regarde comme ces manches courtes et bouffantes ont bonne façon ! et ce corsage à la vierge... Allons, vite, essaie-la donc !

Tout en parlant, madame Adelmond s'était levée afin d'aider sa fille à s'habiller.

La toilette fut bientôt faite; tout allait à merveille.

— Que tu es bien ainsi ! dit madame Adelmond, dont le regard caressant avait repris son ancienne expression de douceur et d'affection que remplaçait parfois un peu de malice. Ecoute, ma fille, ajouta-t-elle d'un ton sérieux, j'ignore si déjà l'on t'a dit que tu es jolie; ton miroir te l'aura dit du moins..... Ne m'interromps pas. Avoir une figure qui prévient en notre faveur, est toujours un avantage; être jolie, en est un encore plus grand aux yeux d'une foule de gens... Dans la position où tu te trouves aujourd'hui, c'est un danger de plus, mon Emmeline. Sois donc circonspecte, ma fille chérie. Méfie-toi de toi-même autant que des flatteurs. Ton talent, ta figure te feront, parmi les femmes, des envieuses, parmi les hommes, des *adorateurs*, et ton titre d'artiste paraîtra à ces derniers la promesse d'un succès plus ou moins facile..... Puisses-tu n'éprouver jamais, mon Emmeline, tous les tourments qui viennent m'assaillir depuis bien des jours ! J'ai travaillé à te parer... Chez moi, dans mon salon, je t'aurais vue telle que te voilà, non seulement avec joie, mais sans inquiétude... Aujourd'hui... bien des craintes m'oppressent...

Madame Adelmond s'interrompit, contempla un

moment sa fille, et dit avec tristesse : « Plus sage que
moi, tu n'as point songé à ta toilette... Tu as raison,
mon Emmeline; la seule parure qui convienne à la
femme artiste, c'est son talent... Ote tout cela... ôte
surtout cette pèlerine que j'ai eu tant de plaisir à
broder..... Que rien dans tes vêtements n'annonce le
désir d'attirer sur toi des regards... dont tu aurais
peut-être à rougir ! »

Emmeline tressaillit. Ces mots avaient été prononcés par sa mère avec un accent si étrange, qu'elle
s'était sentie frissonner.

A l'heure où M. Derville arriva, la mère et la fille,
modestement vêtues en robe de couleur, étaient
prêtes à partir.

Le temps étaient beau. On fit la route à pied, en
causant amicalement, et l'on se trouva, au bout d'une
heure de marche, à la porte du Conservatoire de
musique.

Emmeline était l'une des premières arrivées (page 176)

VIII. — Le Conservatoire

Rien n'était moins *solennel* en ce temps-là, et rien n'est encore aujourd'hui moins solennel que les concours ouverts pour les jeunes gens qui demandent à être admis au nombre des élèves du Conservatoire; et cependant la foule des artistes et des étrangers se presse tellement à ces réunions, qu'il n'est pas facile d'obtenir la faveur d'une entrée. On va là pour mille motifs, dont le dernier est bien assurément l'examen sérieux des concurrents, si ce n'est pour les *juges du camp;* et encore leur attention est-elle souvent distraite par ce qui se passe autour d'eux et dans la salle. Partout on cause, on fredonne, on se fait des signes, et le pauvre postulant n'a guère pour examinateurs sérieux que ses concurrents, dont les chuchotements et les ricaneries le déconcertent beaucoup

plus que ne le déconcerterait probablement la sérieuse attention d'une grande assemblée. A ceux qui
se présentent pour la classe du solfége on demande
surtout une voix dont le timbre et la justesse annon-
cent pour la suite un chanteur; quant à l'exécution
du morceau choisi par le postulant pour faire valoir
le mieux tous ses avantages, on ne daigne pas y
prendre garde, à moins qu'elle n'annonce cependant
un talent naturel très prononcé. Mais il n'en est point
de même pour le piano, la harpe, le violon, l'*instrumentation* en un mot. Il faut déjà beaucoup de talent
d'*exécutant* pour être reçu comme élève.

Perdue avec sa mère dans la foule des postulants
qui s'agitait sur le théâtre, Emmeline vit passer avant
elle un grand nombre de jeunes gens et de jeunes
filles doués de plus ou moins de hardiesse. Pour une
seule place vacante, il se présente souvent vingt-cinq
ou trente élèves. Quoique très modeste, Emmeline
sentait cependant qu'elle pouvait lutter avec la plupart; et, bien persuadée de la nécessité d'obtenir ce
titre d'élève au Conservatoire, qui devait lui ouvrir
d'une manière honorable la carrière de professeur,
elle se promit d'avoir du courage, de vaincre sa timidité, et de faire en sorte de se croire seule lorsqu'à
son tour elle serait conduite au piano.

Mais lorsque ce tour arriva enfin, son cœur se
serra, ses genoux fléchirent; elle entendit à peine ce
que lui disait M. Lebrun, et elle se trouva assise au
piano sans savoir comment elle y était arrivée. Pendant quelques minutes elle préluda machinalement;
ses yeux ne voyaient pas la musique placée devant
elle...

Soudain, dominée par cette pensée : *Il le faut!*
tout disparut à ses yeux. Avec fermeté elle joua le
tema, et, de ce moment, maîtresse d'elle-même, elle
exécuta avec la facilité d'une main exercée les différentes variations, en y faisant sentir toujours le
chant, et la mesure de ce chant. On pouvait reconnaître à la fois, dans la manière d'Emmeline, une
exécutante déjà familiarisée avec les difficultés de
l'instrument dont elle se servait, et une musicienne
capable de comprendre et de faire comprendre à ses
auditeurs le morceau qu'elle jouait.

Des applaudissements partis de plusieurs points
de la salle, rappelèrent Emmeline au souvenir du
lieu où elle se trouvait; sa hardiesse disparut pour
faire place à une timidité si grande, qu'elle quitta
brusquement le piano, et disparut dans la foule de
ses émules. Quelques-uns ricanaient, tandis que
d'autres lui donnaient avec franchise des éloges
pleins de cette vivacité que les jeunes artistes surtout apportent dans le blâme ou dans la louange.

—Je suis content de vous, mademoiselle Adelmond, dit M. Lebrun, qui sortait avec une autre personne. Le cœur d'Emmeline battit fortement. Elle
baissa les yeux, rougit, et se rapprocha encore de sa
mère.

Dans le cercle étroit où elle se trouvait, bien des
regards curieux étaient fixés sur elle. Personne ne la
connaissait; jamais encore aucun des jeunes gens
qui étudient sous différents professeurs et qui fré-
quentent l'Opéra, les Italiens, l'Opéra-Comique,
n'avait aperçu cette figure si remarquable pourtant.
D'où sortait-elle? Qui était-elle? Certainement elle

devait avoir du talent, puisqu'elle avait pour professeur M. Lebrun : d'ailleurs, elle venait d'en faire
preuve; mais comment se fait-il qu'une jeune fille
qui se présentait comme concurrente au Conservatoire ne fût connue de personne?

Près de deux heures encore se passèrent à écouter,
ou à peu près, tantôt des élèves, tantôt des artistes
qui se mettaient quelques instants au piano, et le
quittaient presque aussitôt pour reprendre l'entretien abandonné. Emmeline, ayant vu disparaître
M. Lebrun, s'effrayait à la pensée qu'elle serait
accompagnée par un autre que par lui, lorsqu'on
l'appellerait pour le chant; mais elle ne fut pas appelée, et elle sortit du Conservatoire, sans savoir ce qui
devait résulter pour elle de ce jour de crise.

— Vous êtes admise, j'en suis sûr, disait M. Derville, qui avait dû se séparer de ces deux dames et
chercher dans la salle une place d'où il pût entendre
et voir, ce qui n'était pas facile; il était sorti des
premiers, et les avait attendues à la porte. « Oui,
vous devez l'être, ou bien ma foi, vos juges ont des
oreilles de Midas. Vous avez joué admirablement
bien; avec un aplomb et une inspiration qui font le
plus grand honneur à votre maître et à vous. »

Emmeline rougit de plaisir cette fois; mais elle ne
pouvait croire à cette admission, et cependant elle
l'avait obtenue. Le soir même, elle en reçut la nouvelle, et ce fut dans les bras de sa mère qu'elle versa
ces larmes de joie, si douces, si rares, et que ne con-
naîtront jamais les personnes qui ne sont que vaines.

Elle était élève du Conservatoire!... Une carrière
brillante s'ouvrait devant elle! un avenir était assuré

à sa mère, puisque désormais il ne fallait que de la persévérance et du travail.....

A l'enivrement de ce premier moment, succédèrent quelques réflexions sérieuses, lorsque M. Lebrun, qu'Emmeline, avec sa mère, était allée remercier, lui dit :

— Ma chère enfant, voici un grand pas de fait; mais prenez garde à une chose : c'est que votre éducation première, et le rang que vous avez tenu dans le monde, vous ont donné des manières et une certaine dignité qui pourront bien passer pour de la pruderie et de la morgue dans le jeune monde tout nouveau où votre admission comme élève va vous faire entrer. Veillez sur vous-même, afin qu'on n'ait pas à vous accuser d'orgueil; et, en évitant des liaisons qui ne pourraient vous convenir toutes, tâchez de vous faire pardonner cette existence à part que je vous engage à conserver, pour votre repos et surtout pour celui de votre mère. Quant à la jalousie que pourront inspirer votre talent et votre assiduité à l'étude, c'est un malheur sur lequel quiconque se distingue, et la femme en particulier, peut compter. Faites seulement en sorte qu'on n'ait pas à vous accuser, avec raison, d'en tirer vanité. Vous continuerez de venir prendre chez moi des leçons : travaillez, travaillez sans relâche, et sachez mériter la couronne, comme vous avez hier mérité votre admission.

Emmeline regrettait presque que M. Lebrun lui eût dit tout cela devant sa mère. Déjà les remarques que madame Adelmond avait pu faire la veille, n'étaient pas de nature à la disposer en faveur de ce *jeune monde* au milieu duquel elle devait désormais conduire sa fille trois fois la semaine. Emmeline le sentait; aussi aurait-elle désiré que personne n'appuyât sur un sujet qui allait peut-être devenir pour elle la source de bien des tourments.

Elle s'attendait, au retour, à quelques plaintes sur la nécessité de voir des personnes qui ne pouvaient convenir; mais madame Adelmond dit simplement :

— N'oublie pas les conseils de ton maître, mon Emmeline; conduis-toi avec réserve et modestie; sois polie avec tes *camarades* de classe, et laisse-moi le soin de répondre à des avances dont les suites seraient probablement des liaisons qu'ensuite il faudrait rompre.

La jeune fille embrassa avec reconnaissance cette excellente mère, qui voulait attirer sur elle seule les reproches de pruderie et de morgue qu'on pourrait se croire en droit de lui adresser.

Emmeline était toujours l'une des premières arrivées à la classe de piano, et l'une des dernières parties; elle travaillait avec une assiduité qui bientôt lui attira l'attention de plusieurs professeurs, et trois mois après, elle se vit admise comme élève à la classe du solfége.

Sa voix si belle, sa manière de dire et de sentir, la netteté de sa prononciation, devaient encore la faire distinguer ici; et une nouvelle carrière s'ouvrait devant elle : la carrière du théâtre, carrière si séduisante pour une femme jolie et vaine; mais Emmeline n'était que jolie. Tout ce qu'elle ambitionnait, c'était de se faire dans le monde une position honorable, de se placer au nombre des bons professeurs; et si, quelquefois, la tête montée par les louanges ou les sarcas-

mes de ses compagnes, elle rêvait cette existence indépendante, glorieuse, de la cantatrice célèbre dont
le nom est dans toutes les bouches, dont la renommée
a pour écho l'univers, et qui voit pleuvoir à ses pieds
les couronnes et l'or, la pensée de sa mère en pleurs
faisait tout évanouir.

Madame Adelmond nourrissait, contre la vie de
théâtre, des préjugés qui prennent leur source dans
des sentiments de pudeur et de raison trop bien fon-
dés pour qu'on puisse désirer de les voir s'effacer
tous. Emmeline, d'ailleurs, qui passait maintenant
une grande partie de ses journées au Conservatoire,
avait sous les yeux des preuves bien multipliées que
l'existence des artistes est un mélange bizarre où le
faux l'emporte sur le vrai; aussi s'affligeait-elle en se
voyant confondue peut-être, dans l'opinion publique, avec quelques-unes de ces femmes au moins
légères, et de ces jeunes filles, dont la plupart se destinaient au théâtre.

Emmeline était trop jolie pour ne pas attirer les
yeux; son air de réserve la rendait même plus at-
trayante encore : mais on voyait promptement que
la prude, c'est ainsi que ses compagnes et tous les
élèves la nommaient, n'était pas *abordable.* Elle ne
répondait jamais que par un froid salut aux éloges
outrés dont on l'accablait, et madame Adelmond,
surnommée *le dragon,* avec ce ton parfaitement poli,
mais aussi parfaitement froid qui déconcerte les plus
audacieux, mettait bientôt fin à des entretiens qui ne
pouvaient que lui déplaire.

— Ah! mon ami, disait-elle souvent à M. Derville,
que je souffre de voir mon Emmeline exposée à tant

de regards hardis! J'aurais bien envie qu'elle se re-
tirât peu à peu du Conservatoire. Elle a des élèves en
assez grand nombre pour contenter notre ambition...

—Encore un peu de patience! répondait M. Derville. En se retirant du Conservatoire, elle donnerait
sujet à l'envie et à la méchanceté de s'exercer à ses
dépens. Qui sait si l'on ne dirait pas qu'elle a été
renvoyée!... Il s'agit de tout son avenir! Ne l'oubliez
pas, ma vieille amie!

—Oui, répondait madame Adelmond, de cet avenir
qu'une fois déjà j'ai pu détruire!... Ah! que du moins
elle n'ait pas une seconde fois le même reproche à me
faire!... Mais que je souffre! Et c'est moi, oui, c'est
moi qui l'ai conduite là comme par la main!... Ma
fille se mariera, sera mère un jour!... Alors seulement
elle comprendra combien ma faute a été chèrement
expiée!

Il fallait aller écouter une petite écolière (page 177).

IX. — LE DÉVOUEMENT FILIAL

Emmeline, non plus, n'était pas heureuse. Elle aimait son art avec passion, avec délire, comme les arts veulent être aimés; elle se sentait des moments d'inspiration, et alors, devant son piano, elle improvisait... Mais l'heure sonnait; il fallait partir, il fallait aller écouter une petite écolière, faire des gammes; puis une autre déchiffrer à grand'peine une pauvre sonate qui devenait sous ses doigts tout à fait méconnaissable; puis une autre qui chantait un air de bravoure avec une voix et un accent de romance... Et l'âme d'Emmeline se révoltait contre la rigueur de sa destinée; et elle prêtait une oreille avide aux récits, qui souvent étaient faits autour d'elle, de la brillante fortune de quelque compagne qui avait été engagée comme cantatrice, pour la chapelle d'un prince étranger. Emmeline se disait que cette carrière, plus honorable que celle du théâtre, donnait au moins la liberté de travailler, et, en assurant l'existence, permettait de se livrer uniquement à l'étude et d'abandonner les écolières.

Une des élèves de M. Lebrun remporta cette même année le second grand prix pour le chant; presque aussitôt elle trouva un engagement pour la chapelle d'un prince russe.

Au moment du départ, Armande vint faire ses adieux à Emmeline. Elle était dans l'enivrement d'un double triomphe.

— Écoute, lui dit-elle, tu me feras le plaisir d'aller de temps en temps voir maman qui se désole autant de mon départ que si je m'embarquais pour me rendre en droite ligne chez les anthropophages ou chez les Cochinchinois. J'aurais mieux aimé entrer à la chapelle de l'Empereur; mais il faut plus de talent acquis que nous n'en pouvons avoir à notre âge. Je me formerai en Russie, et tu entendras parler de moi. En attendant, va voir maman. J'ai six mille roubles d'appointements; mon voyage est payé; on me donne des fourrures superbes... Tâche donc de faire entendre raison à maman. Elle se fait des monstres de tout, parce qu'on dit que nous allons avoir la guerre. Qu'est-ce que cela nous fait la guerre, à nous autres artistes? N'a-t-on pas besoin de nous pour chanter soit des *Te Deum*, soit le *Dies iræ?*... Moi, d'abord, je ne peux pas me résigner à donner des leçons à de petites filles, et à supporter les grands airs des papas et des mamans. Fais comme moi, Emmeline. Tu as une voix superbe, une excellente méthode, tu improvises avec facilité!... Tâche de trouver quelque Altesse *tudesque* qui te donne de bons appointements, et va courir un peu le monde.

Emmeline n'était que trop tentée d'*aller courir le monde,* comme Armande l'y engageait; et chacune de ses compagnes, sortant de la *pépinière* du Conservatoire pour aller briller dans quelque souveraineté d'outre-Rhin, était pour elle un objet d'envie. C'est qu'on est si bien en pays étranger! les artistes surtout!... Mais il fallait, avant de prendre une détermination, remporter le grand prix. *En ce temps-là,* on ne le partageait pas toujours entre deux ou trois, et jamais on allait jusqu'à le diviser entre cinq ou six lauréats, comme aujourd'hui; et pourtant, *en ce temps-là,* il y avait des couronnes pour tout le monde, quoiqu'on ne les fît pas aussi petites que de nos jours; ce secret s'est perdu, comme tant d'autres de ce *temps-là.*

Préoccupée d'une seule idée, Emmeline semblait ne vivre que pour l'étude; elle donnait ses leçons avec distraction, elle en abrégeait la durée... Elle perdit deux écolières.

En ce moment, madame Adelmond était malade; la contrainte que depuis près de trois ans elle s'imposait, des fatigues au-dessus de ses forces, des indispositions assez sérieuses, négligées, avaient enflammé son sang, et occasionné des douleurs de tête si violentes que les suites en étaient à craindre pour sa vue déjà très faible. La perte de deux écolières, alors que l'état de sa mère entraînait des dépenses inaccoutumées, ne pouvait donc être vue par Emmeline avec indifférence, et le chagrin qu'elle en éprou-

vait, chagrin qu'elle devait cacher, était encore augmenté par la pensée qu'elle avait mérité que deux
familles lui retirassent leur confiance ; car elle n'avait
pas rempli ses devoirs ; car elle n'avait rien fait pour
exciter ses élèves au travail, et pendant ce temps, qui
lui était *payé,* elle s'était occupée de terminer un
travail sur la composition dont elle pouvait espérer
au moins quelque honneur, si ce n'est quelque avantage pécuniaire.

Emmeline éprouvait le besoin d'être *grondée,* ainsi
qu'elle le dit à M. Derville, en lui racontant la faute
qu'elle a commise.

— Je ne vous gronderai pas cependant, ma chère
enfant, lui répondit-il avec tendresse, parce qu'il me
semble qu'en vous-même parle une voix plus puis-
sante que ne saurait l'être la mienne ; mais je vous
engagerai à faire attention à quelque chose de bien
important : c'est que, aussi longtemps que vos idées
ne seront pas bien arrêtées sur la carrière que décidément vous voulez suivre, vous pouvez être certaine
de faire inutilement beaucoup de chemin, de vous
mettre dans la triste nécessité de revenir souvent sur
vos pas, et de vous donner bien des sujets de repentir.
Examinez-vous donc vous-même avec attention, et
prenez un parti.

— Mais, monsieur Derville, le moyen d'en prendre un en ce moment où les conseils de ma mère me
manquent ?

— Ma chère Emmeline, je veux croire que vous
êtes de bonne foi en me faisant cette objection, mais
alors il m'est bien difficile de concevoir que vous
puissiez à ce point perdre la mémoire. Votre mère,

chaque fois qu'il a été question de la carrière choisie
par Armande, n'a-t-elle pas assez montré, pour qu'il
soit inutile de revenir avec elle sur ce sujet, la répugnance qu'elle aurait à vous y voir entrer à votre
tour? Et cette répugnance a pour bases des raisons
on ne peut plus *raisonnables;* d'abord votre figure,
votre âge, votre inexpérience, qui multiplient les
dangers que peut courir une femme attachée comme
cantatrice à la chapelle de n'importe quel prince;
ensuite la dépendance qui nécessairement en résulte,
enfin l'incertitude des choses de ce monde. Les dangers, la dépendance sont beaucoup moins grands si
vous vous résignez à n'être que professeur. Quant à
l'incertitude sur le nombre des écolières, et par con-
séquent sur la quotité du revenu, elle est la même,
ma chère enfant, pour quiconque vit du produit de
son travail ou de son talent. Tous, nous dépendons
des événements; mais ce qui toujours dépend de
nous, c'est de faire en sorte que notre revenu suffise
à nos besoins, et de mettre quelque chose de côté pour
les mauvais jours, dans les jours où la fortune paraît
nous sourire. Je vous le répète, examinez-vous sévèrement; prenez une résolution, et une fois qu'elle
sera prise, ne souffrez pas que rien vous en détourne.

Emmeline sentait bien quelle était la résolution
qu'elle devait prendre; mais aujourd'hui elle trouvait trop obscure la renommée de simple professeur,
et, malgré elle, elle soupirait chaque fois que, dans
les concerts où madame Lebrun, qui l'aimait beaucoup, la conduisait souvent, elle était témoin de
l'admiration, de l'enthousiasme excités par une belle
voix, des hommages dont les cantatrices célèbres

étaient l'objet; et elle se figurait le plaisir qu'il devait y avoir à voyager précédée par l'éclat d'un beau nom, accueillie partout avec ivresse, fêtée, recherchée, encensée ..

Mais l'état de souffrance où végétait sa mère, la pensée de la douleur que cette mère chérie éprouverait d'une célébrité faite pour l'*épouvanter*, la certitude que, si son père vivait encore, il s'opposerait à ce qu'elle *honorât de cette manière* le nom qu'elle tenait de lui, tout cela ramenait Emmeline à des idées plus sages... Comprenant enfin l'étendue de ses devoirs, elle se résigna et elle sentit qu'il fallait terminer cette année même son éducation musicale, afin d'être libre de se livrer aux travaux bien moins attrayants qu'exige la carrière de professeur. Dans cette carrière obscure, elle pouvait se distinguer, former des élèves qui lui feraient honneur, et assurer à sa mère une vieillesse heureuse...

Du jour où Emmeline eut pris cette résolution généreuse et à laquelle elle ne s'était pas arrêtée sans combat, le calme succéda aux orages qui avaient si longtemps agité son âme, et elle s'occupa d'augmenter le nombre de ses écolières.

— Patience! dit M. Lebrun auquel elle en parla, en lui avouant de quelle manière elle en avait perdu deux; j'ai l'espoir que vous remporterez plus d'un prix, et peut-être même aurez-vous un accessit pour la composition. Alors, ma chère enfant, les élèves ne vous manqueront ni pour le solfége ni pour le piano. Je suis plus que personne à même de répondre de vous; en cas de besoin, j'en répondrai.

Emmeline, rassurée, revint à la maison dans des dispositions plus paisibles que de coutume.

— C'est toi, mon Emmeline, dit la pauvre malade dont les yeux étaient couverts d'un épais bandeau; donne-moi ta main... elle n'est pas brûlante comme ces jours derniers... Tu as été malade, mon Emmeline, et tu as voulu me le cacher!... comme si l'on pouvait cacher quelque chose à une mère!... Va, tout aveugle que je suis, je lis dans ton âme, ma fille!

— Eh bien! ma bonne mère, répondit Emmeline, tu dois y voir une joie bien douce!

— De la joie, non, ma fille, mais du calme. Pauvre enfant! crois-tu donc que je n'aie rien deviné? Quand tu es d'accord avec toi-même, tu es plus tendre pour ta mère; ne le sens-tu pas? (Emmeline, pour toute réponse, pressa contre ses lèvres la main qui serrait la sienne). Et moi aussi je le sens, mon Emmeline! Madame Lebrun sort d'ici; elle a voulu être la première à me dire que cette année tu finiras honorablement tes classes au Conservatoire... Ma fille, je ne *verrai* pas ton triomphe.

— Maman, tu le verras! s'écria vivement Emmeline.

Madame Adelmond fit signe de la tête qu'elle ne croyait point à sa guérison; et avançant la main vers une petite table placée auprès d'elle, elle chercha en tâtonnant une lettre qu'elle donna à sa fille:

— Tiens, dit-elle, Armande t'a écrit. Fais-moi le plaisir de lire haut..., à moins que quelque secret de jeune fille...

— Je n'ai pas de secret, maman, répondit Emmeline; et si j'en avais, ce serait toi et pas du tout Armande que je prendrais pour confidente.

Armande faisait, en style pompeux, le récit de son voyage jusqu'à Varsovie où elle venait d'arriver. Là, elle avait eu le *bonheur*, non seulement d'entendre *sublime Catalani*, mais de s'entretenir avec elle, d'en recevoir des éloges, des conseils.

« Si je ne suis pas contente de mon prince russe, disait Armande à la fin de la lettre, je l'abandonne à son malheureux sort, et je vais droit à Saint-Pétersbourg, où j'organiserai des concerts en me faisant annoncer avec pompe dans les journaux. Déjà, sur ma route, deux ou trois tentatives de ce genre m'ont parfaitement réussi. Je suis en chemin de voler à la gloire et d'arriver à la fortune. Fais comme moi, Emmeline; viens me rejoindre, et nous prouverons que la France peut le disputer à l'Italie et à l'Allemagne en fait de cantatrices célèbres; car nous le deviendrons, tu verras; et alors les Anglais nous feront un pont d'or. Adieu, ou plutôt à revoir; je t'attends. »

Emmeline se taisait.

— C'est la mère d'Armande qui a apporté cette lettre, dit madame Adelmond après un moment de silence. Sa fille lui a envoyé un peu d'argent qui est venu bien à propos; car la pauvre femme est dans un état voisin de l'indigence. Je crains qu'Armande ne soit pour elle la source de peines bien amères... Cette jeune fille est légère... coquette... Ah! toutes les mères ne sont pas heureuses comme moi!

— Et tu le seras toujours! s'écria Emmeline, en se jetant dans les bras que sa mère lui tendait : ma mère, mon excellente mère, ma mère chérie, jamais, non, jamais ta fille ne te coûtera d'autres larmes que celles de la joie !

Emmeline avoua à sa mère ses hésitations, ses combats, sa résolution...

— Pauvre enfant! s'écria madame Adelmond, j'avais deviné tout cela!

— Et tu avais aussi deviné, n'est-ce pas, reprit vivement Emmeline, que ta fille trouverait dans son amour pour toi la force de résister aux inspirations de la vanité et de l'ambition?

— Je n'en ai jamais douté.

— Ma mère, mon bon génie, mon ange tutélaire! s'écria Emmeline, en se jetant à genoux devant sa mère, et en l'entourant de ses bras; oh! crois toujours en l'amour de ta fille!... de ta fille qui n'aime au monde et ne peut aimer que toi, de ta fille qui ne veut vivre que pour toi! ,

Avec un talent vrai et beau, elle chanta (page 149);

X. — LES JOIES DU TRIOMPHE

A l'époque où Emmeline parut au Conservatoire, et en public pour la dernière fois, un nuage menaçant obscurcissait déjà l'horizon de la France jusqu'alors si vaste et si serein. La fin de l'année 1812 devait amener une catastrophe d'autant plus terrible que peu de personnes avaient osé la prévoir, et encore moins dire leur prévision. Cependant, une inquiétude vague agitait en général les esprits ; mais on se laissait encore entraîner à l'enchantement des fêtes, et celle donnée par le Conservatoire de musique pour la distribution des prix, attira, comme de coutume, la foule avide de plaisir, et comme de coutume aussi, elle eut cette pompe, ce grandiose, qui distingua toujours les fêtes sous l'Empire.

Lesueur, Méhul, Cherubini, Berton, Boyeldieu,

Spontini, tels étaient les membres principaux de l'aréopage, qui jugeait et couronnait les jeunes artistes, ambitieux de marcher sur les traces des Crescentini, des Catalani, des Branchu, des Laïs, des Garat, des Elleviou, des Martin, des Saint-Aubin, et d'obtenir un peu de cette gloire que des gloires nouvelles viennent si promptement effacer.

Emmeline savait que, dans un coin obscur de la salle, sa mère aveugle attendait avec une sorte d'effroi le moment de son triomphe. Confondue au milieu de ses compagnes assises à gauche du théâtre, Emmeline se retira avec elles lorsque le moment de la distribution des prix fut arrivé ; mais trois fois proclamée comme ayant obtenu le premier prix de piano, celui de chant et un accessit pour la composition, Emmeline Adelmond dut reparaître trois fois devant Spontini qui donnait les prix ; et chaque fois elle passait sur le théâtre comme une ombre, le cœur palpitant, les joues en feu et si tremblante qu'à peine elle pouvait faire les saluts d'usage au public et à Spontini.

Cette épreuve n'était pas la plus difficile. Il fallait reparaître bientôt ; il fallait revenir sur le théâtre pour se faire entendre, et debout, seule, un cahier de musique à la main, exposée à tous les regards, prouver que le prix de chant avait été mérité.

Le moment arriva ; moment si redouté... Conduite par son professeur, Emmeline s'avança modestement, salua et attendit, les yeux baissés, que l'orchestre commençât.

Le cahier qu'elle tenait tremblait dans sa main, sa respiration était précipitée..... Les premiers accords

se font entendre..... Soudain Emmeline se sent saisie
de cette sorte de fièvre sans nom qui réveille dans
l'artiste tout ce qu'il y a en lui de force d'âme et de
pensée..... Emmeline, depuis trois années d'études
assidues qui avaient développé sa voix, avait *appris
à oser*..... Elle osa donc, et avec un talent vrai et
beau, elle chanta ce grand air d'Amasili dans *Fer-
nand-Cortez* :

« Je n'ai plus qu'un désir, c'est celui de te plaire. »

Des applaudissements prolongés et répétés à plusieurs fois pendant qu'elle se retirait, se firent entendre dans toute la salle. Emmeline avait disparu qu'on
applaudissait encore; on ne s'arrêtait un moment
que pour applaudir avec plus de force...

Tout à coup, un mouvement extraordinaire a lieu
dans l'une des parties de la salle; chacun cherche à
voir ce qui l'occasionne : plusieurs personnes s'em-
pressaient pour emporter hors de la salle une femme
sans connaissance; cette femme, est-il besoin de la
nommer? c'était la mère d'Emmeline...

Madame Adelmond, en revenant à elle, se trouva
dans les bras de sa fille en pleurs; autour de toutes
les deux se pressaient M. Derville, M. et madame
Lebrun, plusieurs personnes de connaissance, et
quelques étrangers qui avaient aidé à transporter
dans une autre salle madame Adelmond privée de
ses sens.

— Et je ne peux te voir! Emmeline! mon Emmeline!... disait la pauvre mère, comme accablée sous
le poids du bonheur. Oh! que du moins je les touche

tes couronnes! ma fille!... d'aujourd'hui seulement je comprends la grandeur du sacrifice; je n'en suis pas digne! O ma fille, sois tout ce que ton talent veut que tu sois! Mon Emmeline!... quelle journée!... quel bonheur te doit ta mère!... Trois fois couronnée!... Emmeline, mon Emmeline! oh! embrasse-moi!

Pas un œil qui fût sec; pas un cœur qui ne sentit ce que devaient sentir la mère et la fille.

Emmeline, agenouillée devant sa mère, saisissait et couvrait de baisers et de larmes les mains tremblantes qui caressaient son front et ses cheveux; elle ne pouvait parler; mais ses lèvres murmuraient tout bas ces seuls mots : « Ma mère!... ma mère! »

On les ramena jusque chez elles, puis on les laissa seules. Elles avaient toutes les deux besoin de se trouver sans témoins, et de jouir, loin de tous les yeux, de la joie de cette belle journée.

Mais à l'heure du dîner, leurs amis vinrent les chercher. M. Lebrun donnait une fête à son élève chérie.

Elle fut la reine du concert, elle fut la reine du bal, et, enivrée de louanges, Emmeline goûta ce jour-là ces jouissances du triomphe et des applaudissements de la foule, que tant de fois elle avait rêvées.

Bien des jours encore, embellis par ces brillants souvenirs, s'écoulèrent pour Emmeline. Elle reçut la visite de plus d'un admirateur. Mais elle tarda peu à comprendre qu'elle devait plus que jamais se renfermer dans le cercle étroit de la vie intérieure et de quelques amis. Elle avait eu lieu de reconnaître que le monde sait punir la femme assez malheureuse pour attirer les regards par l'éclat du talent et de la renommée, et lui faire payer chèrement l'oubli des lois de la nature et de la société, qui la condamnent à l'obscurité. L'homme seul peut impunément aspirer à tous les genres de gloire; la femme qui se respecte et veut être respectée doit les craindre tous.

Emmeline avait enfin appris ce que valait cette obscurité qu'elle avait jadis dédaignée; et elle ne se montrait que chez ses élèves et chez ses amis; elle éloignait avec effroi tout ce qui aurait pu rappeler des triomphes si cruellement, et si promptement empoisonnés. Oui, bien cruellement, car on l'avait confondue avec ces femmes légères auxquelles le malheur était venu l'obliger de se mêler un moment!

Les événements politiques donnèrent peu après une autre direction à ses pensées, et lui firent chérir encore plus sa solitude. Dans la solitude, elle pouvait du moins pleurer sur les malheurs de sa patrie; dans la solitude, elle pouvait l'aimer, la chanter, et demander à l'étude les consolations que l'étude seule sait donner.

La gêne régnait chez Emmeline. Elle avait perdu un grand nombre de ses élèves, mais non pas le courage; et elle soutenait celui de sa mère, presque aveugle et déjà bien infirme.

Emmeline avait trouvé à se marier; mais se marier pour augmenter les embarras d'une existence déjà si précaire! mais se marier lorsqu'elle avait tant de peine à subvenir aux besoins de sa mère seule!... D'ailleurs, Emmeline était trop délicate et trop fière pour consentir à tout devoir à un époux...

Avec un ami tel que M. Derville, et un protecteur aussi affectionné que M. Lebrun, la misère ne pouvait et ne devait pas approcher de la courageuse. Emmeline, trop sage pour dédaigner rien de ce qui pouvait lui procurer les moyens d'assurer à sa mère plus que le nécessaire, elle acceptait les élèves qui se présentaient.

— D'ailleurs, disait-elle, quand je ne ferais qu'un peu de bien par le sacrifice de ces heures qui sont ma seule ressource, ressource bien incertaine, ne serait-ce pas encore remplir une partie de la tâche imposée à tous ici-bas!

Mais Emmeline ne pouvait s'empêcher de rêver encore de gloire. Cette gloire qu'elle ambitionnait, n'était plus celle si passagère et si dangereuse de la cantatrice en renom; c'était la gloire du compositeur. Sophie Gail, auteur de la musique *des Deux Jaloux*, venait de prouver qu'une femme *compositeur* peut lutter avec les hommes, au moins sur le théâtre de l'Opéra-Comique; le nom de Sophie Gail était dans toutes les bouches, sa musique sur tous les pianos... Emmeline s'essaya à composer quelques romances.

Elle n'osa pas les faire paraître sous son nom, *en ce temps-là* les jeunes filles auteurs ou musiciennes redoutaient le ridicule qu'on déversait à pleines mains sur celles qui avaient l'audace de se mettre en évidence; elle prit un nom d'homme, un nom d'emprunt. Le succès qu'obtint la musique d'Emmeline, l'encouragea. Tout en rêvant des compositions plus hautes, elle continua de faire des romances, des contredanses, des valses. Mais pour composer un opéra-comique comme Sophie Gail, il aurait été nécessaire de se livrer à des études qui exigeaient beaucoup de temps. Emmeline se résigna à donner des leçons; il fallait vivre; il fallait surtout procurer quelque aisance à une mère infirme... Emmeline ne songea plus qu'à mériter d'être distinguée entre les professeurs si nombreux de piano et de chant.

Peu à peu elle commença à espérer un sort meilleur, et bientôt elle finit par croire qu'en effet le courage et la persévérance savent seuls, tôt ou tard, lasser le malheur.

Emmeline en est certaine aujourd'hui. Mariée à un homme de mérite, dont les enfants sont ses enfants, son talent, justement apprécié, fait régner dans la maison l'aisance et la gaîté. Sa mère aveugle a pour compagne et pour guide la fille unique d'Emmeline, enfant gâtée de M. Derville. Il est maintenant bien vieux; mais une jeunesse sage lui donne une paisible vieillesse, et sans cesse il recommande à Emmeline *seconde,* de s'arranger pour ressembler en tout à Emmeline *première.*

Si M. Derville savait pourquoi Emmeline *première,* comme il l'appelle, sort de grand matin une fois la semaine, le culte qu'il lui a voué deviendrait de l'idolâtrie. Mais Dieu seul sait, et Dieu seul saura jamais que la mère d'Armande est consolée par Emmeline de l'abandon où la laisse sa fille, dont le nom retentit si souvent avec tant d'éclat dans les journaux. Tous les trois mois, Armande envoie à sa mère une légère somme qu'elle doit croire suffisante, lorsqu'elle vient, bien rarement, visiter la modeste chambre où règne une espèce d'*opulence.*

Emmeline, oubliée d'Armande, et qui n'a rien fait

13

pour se rappeler à son souvenir, n'a pas à craindre
d'être jamais surprise par elle, à l'heure matinale où,
chaque semaine, la pauvre infirme reçoit ses tendres
soins. C'est Emmeline qui, depuis dix ans, met en
ordre de temps en temps le petit ménage; c'est elle
qui prévoit les besoins de chaque jour; c'est elle qui
veille à ce que la misère ne se fasse point sentir dans
cette chambre, bien aérée en été, bien chauffée en
hiver. Emmeline est toujours présente pour la mère
d'Armande et pour les pauvres voisines qui viennent
filer autour du poêle et de la lampe; et toutes les voix
bénissent l'ange bienfaisant dont le cœur sait trouver, et dont la douce voix sait dire des paroles con-
solantes à celle qui ne possède pas, dans son unique
enfant, une autre Emmeline !

LE

JEUNE GRAVEUR

Il ferma la portière (page 200)

LE JEUNE GRAVEUR

I. — L'Arrivée

— Quel bonheur! nous sommes enfin à Paris!
s'écria Léon au moment où la diligence entrait dans
la grande ville par la barrière de Chaillot. Il ne
cessait de s'extasier à mesure qu'on passait devant
le Champ-de-Mars, l'hôtel des Invalides, les Champs-
Elysées. Les voyageurs s'amusaient de son étonnement, de ses cris d'admiration. Ceux qui con-
naissaient Paris avaient la complaisance d'aller
au-devant de ses questions en lui donnant des explications qui augmentaient encore sa surprise et
rendaient plus vive cette joie qu'il ressentait de

voir la ville *merveilleuse* dont il avait tant entendu
parler.

— Maman, disait-il à chaque instant, quel bonheur! Quelle belle ville! Que je suis donc content
d'être à Paris !

Sa mère lui souriait doucement, mais tristement,
et tout bas elle se disait : « Pauvre enfant! Ton bonheur, comme tu l'appelles, sera, je le crains, de
courte durée! »

Depuis près d'un an madame de Mézières était
veuve. En perdant son mari, elle avait tout perdu, et
maintenant elle se trouvait avec son fils dans la
dépendance d'un beau-frère, M. de Mézières l'aîné.
Il lui avait écrit qu'il se chargeait de faire élever
Léon *convenablement*, et qu'il l'engageait à venir
elle-même demeurer dans sa maison. Cette lettre
était froide; mais madame de Mézières savait que son
beau-frère, d'un caractère sérieux et réservé, n'avait
jamais employé avec personne les expressions affec-
tueuses qui sortent tout naturellement d'un cœur
aimant; et ce qu'elle savait encore, c'est qu'en accep-
tant les offres qui lui étaient faites, elle se soumettait au plus rude esclavage. Cependant elle les avait
acceptées; il s'agissait de son fils, de lui assurer le
trésor d'une bonne instruction, de lui préparer ainsi
un avenir, et jamais une mère ne balance à se sacrifier
pour son enfant. Si elle était triste en ce moment,
c'est qu'elle prévoyait pour Léon des déceptions dont
le pauvre enfant ne se faisait pas la plus légère idée.
Résignée à tout endurer lorsqu'il ne s'agirait que
d'elle, elle se sentait sans courage à la seule pensée
des peines que son fils pourrait éprouver.

Léon, élevé par un père tendre et fort instruit comme médecin et comme amateur des beaux-arts, ne se doutait pas de la dépendance où le manque de fortune allait le placer. Il avait dix ans, et il *savait* beaucoup plus qu'on ne sait à cet âge, parce que son père avait été son instituteur. Quoique le ton de sécheresse qui régnait dans la lettre de son oncle l'eût étonné, il ne doutait pas que cet oncle ne fût pour lui tout ce qu'avait été son père. Le pauvre enfant se trompait; d'abord parce qu'on ne retrouve jamais le cœur d'un père, et ensuite parce qu'il était impossible de voir deux personnes qui se ressemblassent moins que les deux frères.

M. de Mézières l'aîné était un de ces hommes positifs qui, soumettant tout au calcul, ne font cas des sciences qu'autant que les sciences rapportent, et qui ne voient dans les beaux-arts et dans les lettres que des *hochets* pour les oisifs : hochets plus ou moins dangereux, ajoutait-il; et il en donnait pour preuve son frère, qui n'avait fait que végéter dans la ville d'Orléans, leur patrie, tandis que lui, à Paris, était parvenu à percer à travers la foule et à fonder une belle fortune. M. de Mézières pouvait avoir raison dans les reproches dont son frère était l'objet, mais il aurait dû ne pas négliger de dire que ce frère, généreux et bienfaisant, n'avait jamais fermé l'oreille aux cris de la misère et de la souffrance, tandis que lui, au contraire, avait eu pour principe de sa vie entière que : *charité bien ordonnée commence par soi-même.*

Dans la cour de la diligence, un vieux domestique, couvert d'une livrée assez sombre, attendait

l'arrivée de madame de Mézières et de son fils. D'un
ton presque solennel, il les complimenta au nom de
son maître, qu'une indisposition avait empêché de
venir lui-même au-devant des voyageurs, et il fit
approcher une voiture de place.

Après avoir veillé attentivement, mais paisiblement, à ce que le léger bagage de madame de
Mézières y fût placé, il ferma la portière, et, d'un air
mêlé d'importance et d'humeur, il monta derrière
l'*ignoble* fiacre. C'était pour lui, *valet de chambre*,
un vif déplaisir de remplir en cette occasion les fonc-
tions de *laquais;* mais *Monsieur* l'avait ordonné
ainsi, et *Monsieur* savait se faire obéir.

M. de Mézières occupait la moitié de l'un de ces
anciens hôtels de l'ancienne magistrature, qui exis-
tent encore dans l'île Saint-Louis. En entrant chez
son oncle, Léon se sentit désagréablement frappé de
l'aspect triste et sévère de toutes les pièces si grandes
et si sombres qu'on lui faisait traverser; cette impression ne fut nullement affaiblie par l'accueil que
sa mère et lui reçurent de M. de Mézières. Vainement Léon cherchait sur cette figure froide quelque
ressemblance avec son père; il n'en trouvait aucune.
M. de Mézières, coiffé à l'oiseau royal, avait une de
ces figures impassibles dont rien n'altère jamais
l'immobilité parfaite. Grand et maigre, il marchait
lentement, gravement, et sa voix sèche et brève
s'élevait toujours au ton du commandement, sans
s'abaisser jamais à celui de la bienveillance.

Après avoir embrassé son oncle, Léon, les larmes
aux yeux, se rapprocha de sa mère et se serra contre
elle, le cœur gros de soupirs.

M. de Mézières, sans montrer aucune émotion, parla de son frère, et lorsqu'il vit sa belle-sœur et son neveu fondre en larmes, il dit froidement :

— Je tiendrai ce que j'ai promis. Cet enfant sera placé dans la même pension que mon fils; il recevra les mêmes soins, il aura les mêmes maîtres. Quant à vous, ma sœur, vous demeurerez ici. J'ai chez moi ma belle-mère; depuis que je suis veuf, elle tient ma maison; venez, que je vous présente à elle.

Madame de Mézières fut reçue par madame de Nérac en grande cérémonie. Après quelques mots insignifiants de part et d'autre, on se quitta en se faisant de grandes révérences, et Léon se trouva seul enfin avec sa mère dans le très modeste appartement qui leur avait été préparé.

A peine M. de Mézières était-il sorti, que tous deux se jetèrent dans les bras l'un de l'autre en pleurant. La mère courageuse se remit la première.

— Mon Léon, dit-elle avec douceur, ton oncle n'est pas affectueux comme l'était ton excellent père; mais il est bon; mais il n'a pas hésité un moment à faire bien plus que ne lui avait demandé son frère mourant. Il nous a appelés auprès de lui; il veut te traiter à l'égal de son fils, et pourtant il ne nous doit rien. Songe à tout cela, mon enfant, et dans ton âme, pleine de reconnaissance, naîtra pour ton bienfaiteur la plus tendre affection.

— Maman, je ne demande pas mieux que d'aimer mon oncle, répondit Léon; mais cela me serait plus facile tout de suite, s'il me faisait quelques caresses.

— Lorsqu'il te connaîtra, mon Léon, il t'accordera

ces caresses auxquelles ton excellent père t'avait trop accoutumé, pauvre enfant!

—Je ferai tout mon possible, maman, pour qu'il m'aime aussi, je te le promets. Mais quant à madame de Nérac... j'avais bien du chagrin... et pourtant je me sentais envie de rire en regardant son toupet si bien poudré, son vieux petit bonnet de gaze, son nez pointu, son mantelet, ses jupes bouffantes et ses pantoufles rouges à talon!... Veux-tu que je te la dessine de mémoire? Elle sera bien ressemblante, tu verras!

—As-tu donc oublié, mon fils, répondit madame de Mézières, ce que ton père te répétait sans cesse, que, sous quelque aspect que se présente la vieillesse, elle doit être respectée?

—Mais, maman, dit Léon, quel mal cela pourrait-il faire à madame de Nérac quand je la *croquerais?*

—Cela ne pourrait faire de mal qu'à toi. On verrait ainsi, dès le premier jour, que si tu sais manier le crayon avec une facilité au-dessus de ton âge, la disposition de ton esprit te porte à trouver des sujets de risée dans les personnes qui veulent bien t'accueillir.

—Maman, ce n'est pas madame de Nérac qui nous accueille. Nous sommes chez mon oncle...

—Madame de Nérac, mon fils, est la belle-mère de ton oncle, la mère de la femme qu'il a perdue, l'aïeule de son fils; elle tient sa maison; elle en représente la maîtresse, et surtout elle est âgée...

—Mais, je t'assure, maman, que je n'ai pas envie du tout de la représenter en caricature... quoique pourtant rien ne serait plus facile!... Je voulais seulement te montrer comment, de mémoire, je saisis bien la ressemblance.

— J'en ai eu assez de preuves, répondit madame de Mézières, pour te dispenser de me donner celle-ci, et si tu veux me faire plaisir, tu n'exerceras ton talent sur aucun des habitants de cette maison.

— Je te le promets, maman! Et il n'en fut plus question. Madame de Mézières savait que Léon tenait ce qu'il promettait, et qu'on pouvait compter autant sur sa parole que sur sa franchise.

Enfin il a donné ses deux francs (page 211)

II. — LES GATEAUX

Au dîner, M. de Mézières interrogea Léon sur le
latin, la géographie, l'histoire; ses réponses paru-
rent le satisfaire. Léon, l'ayant deviné à un imper-
ceptible sourire qu'il aperçut sur les lèvres de son
oncle, se sentit plus à l'aise. Accoutumé comme il
l'avait été à l'indulgence d'un père et d'une mère
tendres autant qu'éclairés, il ne demandait que l'occasion de se laisser aller au besoin d'expansion si
naturel au jeune âge.

Mais madame de Nérac, par des manières céré-
monieuses, rendait à Léon, chaque fois qu'il levait
les yeux sur elle, toute sa timidité première, et l'on
quitta la table sans qu'elle eût dit autre chose que
les mots nécessaires pour faire les honneurs.

La franchise de cet enfant et sa manière de répon-

dre sans hésitation à toutes les questions avaient
plu probablement à M. de Mézières, car ce dernier
continua, lorsqu'on fut passé dans le salon, un entretien auquel Léon prenait beaucoup de plaisir;
mais bientôt le front de M. de Mézières se rem-
brunit.

— Mon neveu, dit-il, les beaux-arts, les belles-
lettres, les belles connaissances ne mènent à rien
ceux qui n'ont rien, et ruinent ceux qui ont quelque
chose. Je veux faire de vous un homme de loi, ou
bien un médecin; mais un médecin tout autre que
ne le fut votre père.

— Ah !mon oncle, s'écria Léon vivement, moi, je
voudrais ressembler en tout à mon père!

— Pour laisser comme lui, quelque jour, une
femme et un enfant sans ressources!

A ces mots si durs, les yeux de madame de Mézières
se remplirent de larmes, et les joues de Léon s'ani-
mèrent d'une vive rougeur.

— Mon frère, dit madame de Mézières d'une voix
émue, la cause de la ruine de mon mari fut sa bonté,
cette bonté qui le faisait chérir partout. Jamais il ne
demeura insensible aux plaintes du malheur...

— La charité, dit à son tour madame de Nérac,
nous est recommandée par la religion; mais, comme
le dit toujours mon gendre, pour être bien ordonnée,
elle doit commencer par nous-mêmes. Il ne s'agit
pas de donner et de donner encore; il s'agit aussi de
ne point mettre dans l'embarras, par une générosité
sans calcul, nous et les nôtres.

Ces paroles, prononcées d'un ton sec, ne furent
point relevées par madame de Mézières. Elle se pen-

cha vers son fils qui s'était rapproché d'elle et qui lui tenait la main, et elle appuya fortement ses lèvres sur ce front déjà soucieux à l'âge où la vie se montre brillante et remplie d'espérance.

Heureusement pour madame de Mézières, l'heure de la partie d'échecs était arrivée; les domestiques apportèrent l'échiquier et elle put se retirer avec Léon.

— Maman, dit ce dernier, je crois que j'aurai bien de la peine à aimer mon oncle qui n'aime pas mon père.

— Mon enfant, répondit madame de Mézières, il faut te dire sans cesse que ton oncle ne nous *doit* rien, et que partout il est amer le pain de la dépendance.

— Cette vilaine madame de Nérac! est-elle dure! s'écria Léon.

— Dans ce qui nous blesse, souvent avec justice, nous pouvons, mon enfant, pour peu que nous ayons quelque bon sens, puiser cependant d'utiles leçons. Sois bon comme le fut ton père, mon Léon, mais tâche de ne point te laisser aller à cette complète indifférence pour l'avenir, qui compromet le bonheur ou l'existence des êtres les plus chers!

— Maman, tu as raison. Va, sois tranquille, je penserai tous les jours à l'avenir, pour que tu ne sois pas obligée de rester longtemps dans cette maison. Est-ce qu'il faut bien du temps pour devenir homme de loi?... Moi, j'aimerais mieux être médecin comme mon père; mais si l'on gagne plus d'argent quand on est homme de loi, et plus vite, je ne serai pas médecin, maman.

Madame de Mézières embrassa tendrement son
fils. Elle lui savait gré de s'oublier lui-même, au
point de ne pas dire un mot qui rappelât que, dès
l'enfance, il avait témoigné le désir d'être peintre;
que ce désir avait augmenté d'année en année, et
que ses progrès surprenants dans le dessin, qui était
l'occupation chérie de tout le temps dont il pouvait
disposer, lui avaient valu les éloges de quelques
artistes distingués et l'assurance qu'il possédait ce
qui ne se donne pas, *le talent.*

Léon dormit mal cette nuit : le souvenir de son
père, auquel ici personne ne se montrait disposé à
pardonner d'avoir été bon; la pensée que madame de
Nérac rendrait peut-être sa mère malheureuse, tout
cela le tourmentait, et il demandait à Dieu de se trouver en état de gagner bientôt beaucoup d'argent, afin
que sa mère pût avoir un *chez elle.*

Le lendemain, à peine éveillé, il dit à sa mère :

— Maman, c'est aujourd'hui jeudi; c'est le jour de
sortie d'Eugène; il viendra à la maison; mais il n'arrive qu'à midi. Si j'osais, j'irais prier le vieux Pierre
d'aller le chercher à sa pension bien plus tôt que de
coutume!

— Ce serait inutile, mon fils, répondit madame de
Mézières. D'après le peu que j'ai déjà vu, je crois
que rien, ici, ne dérange jamais l'ordre établi.
Accoutume-toi, mon enfant, à respecter cet ordre
jusque dans les plus petites choses, et, dès ce moment, prends avec toi-même l'engagement de ne
jamais faire une démarche que tu peux prévoir
d'avance être tout à fait inutile; c'est un sûr moyen
de t'épargner bien des dégoûts et bien des déceptions.

Eugène n'arriva en effet, *comme de coutume*, qu'à midi juste; *comme de coutume* on l'annonça dans le salon, où la famille se réunissait toujours à la suite du déjeuner, et, *comme de coutume*, il alla embrasser son père, puis sa bonne maman, et ensuite il fut présenté cérémonieusement, par M. de Mézières, à sa tante et à son cousin.

Léon lui aurait volontiers sauté au cou; l'air sévère de M. de Mézières le contint et l'obligea de répondre par une froide accolade à la froide accolade qu'il recevait.

Madame de Mézières était si douce, si bonne, qu'elle attirait promptement la confiance des enfants. Grâce à elle, les deux cousins se rapprochèrent, trouvèrent quelque chose à se dire, et une heure après, lorsque le vieux Pierre vint chercher *comme de coutume* son jeune maître pour lui faire faire, *comme de coutume*, une longue promenade dans Paris, ils partirent gaîment ensemble, très contents l'un et l'autre d'avoir un compagnon du même âge. Eugène s'était déridé promptement à la pensée que désormais les jours de congé se passeraient plus agréablement pour lui, et Léon montrait, avec toute la franchise de son caractère, le plaisir qu'il ressentait d'aller, en compagnie d'Eugène, parcourir *la grande ville.*

Eugène s'amusa beaucoup de tous les *étonnements* de son cousin *le provincial* à la vue des Tuileries, du Palais-Royal, des boulevards intérieurs et des magnifiques passages où le luxe du marchand lutte avec le luxe des objets étalés aux regards; et Léon revint enchanté, enivré.

14

Le soir pourtant il dit à sa mère que le plaisir qu'il avait goûté à la vue de tant de magnificence, avait été troublé par l'aspect des gens pauvrement vêtus qui passaient comme des ombres honteuses le long de toutes ces boutiques si riches.

— Et puis, maman, ajouta-t-il, ce qui m'a fait encore bien de la peine, c'est que pendant qu'Eugène me régalait de gâteaux chez un pâtissier à la mode, il y avait à la porte un pauvre petit garçon tout en guenilles qui nous regardait... mais d'un air!... d'un air si triste, maman! Cela m'a serré le cœur et m'a ôté l'appétit. Dans la boutique, il y avait avec nous un monsieur et une dame bien vêtus, va, et qui ont mangé pour dix francs au moins de gâteaux! Eh bien! ils n'ont rien donné au pauvre enfant qui leur tendait son vieux bonnet, et qui disait tout doucement :

— Un petit sou pour avoir du pain, s'il vous plaît!

Non, maman, ils ne lui ont rien donné, rien du tout. Alors, j'ai dit à Eugène :

— Est-ce que tu as beaucoup d'argent?

— Oui, m'a-t-il répondu. Bonne maman a soin de m'en mettre toujours dans ma bourse. Ainsi nous pouvons manger encore pour deux francs, sans que cela me gêne.

— Moi, je n'ai plus faim, lui ai-je dit. Puisque tu veux dépenser encore deux francs, donne-les à ce pauvre petit garçon; veux-tu, Eugène? Moi, je lui donnerai tout ce que j'ai d'argent, et encore un de ces gâteaux qui sont si bons, et dont il n'a jamais mangé un seul, j'en suis sûr...

Maman, Eugène ne voulait pas trop; et puis enfin

il a eu pitié du pauvre petit, parce qu'il a bon cœur,
je t'assure, et il a donné ses deux francs. Alors,
maman, le pauvre petit a fait une mine si joyeuse,
mais si joyeuse!... Il n'a pas voulu manger le
gâteau, il est allé le porter à son père, pauvre ouvrier
sans ouvrage et malade, disait-il, et avec ce que nous
lui avons donné, ils auront tous de quoi vivre à la
maison pour *trois jours* au moins! Eugène était
bien content d'avoir fait cela; pourtant il avait encore
faim. Alors Pierre lui a dit :

— Il y a un boulanger ici près. Quand on a fait ce
que vous venez de faire, le pain semble bien bon!

Mais Eugène avait faim de gâteaux et non pas de
pain. Il a payé ce que nous avons pris, et nous sommes partis. J'étais content! oh! content! Songe donc,
maman, trois francs dix sous! c'est une somme cela!
Pendant trois jours ils auront tous à manger chez le
pauvre ouvrier sans ouvrage!

Madame de Mézières, doucement émue, embrassa
son fils. La retenue avec laquelle Léon avait parlé
de l'hésitation d'Eugène à faire l'aumône et du regret
qu'ensuite Eugène en avait ressenti, lui prouvait
encore mieux la bonté de son cœur que son empressement même à donner le peu d'argent qu'il possédait; car il ne suffit pas de se montrer charitable par
le sacrifice de quelques pièces de monnaie, il faut
encore être charitable d'esprit et de cœur envers celui
dont on a pu deviner les défauts, en évitant de les
faire ressortir et en tâchant au contraire de les atté-
nuer aux yeux des autres.

— Je n'en veux plus aucune, maman! (page 220)

III. — LES COURONNES

Quelques jours suffirent pour compléter le trousseau de Léon, et, grâce à la générosité de M. de Mézières, il se vit bientôt placé avec Eugène dans l'une des meilleures pensions de Paris.

Mais tandis que Léon, traité absolument comme Eugène, recevant comme lui une petite somme pour ses menus plaisirs, ayant les mêmes maîtres et les mêmes moyens de se procurer les livres nécessaires, pouvait croire qu'il avait retrouvé un père, sa pauvre mère subissait toutes les souffrances de la dépendance dans une maison dont le maître, froid et sévère, ignorait l'art de faire le bien en ménageant la délicatesse des personnes qu'il obligeait. M. de Mézières, accoutumé aux manières impérieuses de sa belle-mère, qui au reste les adoucissait pour lui, ne son-

geait pas à remarquer que sa belle-sœur pouvait et
devait en être blessée. Naturellement peu commu-
nicatif, il ne comprenait pas qu'on pût avoir besoin
de s'épancher, et il croyait faire tout ce qu'il y avait
de plus généreux au monde en donnant à sa belle-
sœur les aisances de la vie et à son neveu les moyens
de s'instruire.

Madame de Mézières dévorait en silence les larmes
brûlantes que lui coûtaient souvent le ton et la dureté
de madame de Nérac; elle retenait les expressions
d'une reconnaissance profondément sentie et dont
M. de Mézières ne voulait pas entendre parler : mais
elle se dédommageait avec son fils de cette contrainte
de chaque instant, et tous les quinze jours elle avait
un jour de bonheur. Ce jour-là, du moins, elle pouvait aimer, le dire, recevoir en échange de sa tendresse les marques d'une vive affection. Ce jour-là,
du moins, elle avait quelqu'un à qui elle pouvait
laisser voir que son âme était pénétrée de gratitude
pour son beau-frère.

Ainsi s'écoula la première année; dans le cours de
la seconde, des inquiétudes d'un genre peu ordinaire
vinrent agiter madame de Mézières.

Léon, doué de dispositions heureuses, était encore
excité au travail par le désir de hâter le moment où
il pourrait finir ses études, parce que alors seulement il aurait l'espoir de cesser bientôt d'être à charge
à son oncle; de là résultaient une application si
grande et un tel amour de travail, que pas un de ses
camarades de classe n'était en état de lutter avec lui.
Les heures de récréation ne lui plaisaient que parce
qu'il pouvait les employer à dessiner, et ses progrès

rapides le rendaient l'élève favori de tous les professeurs. En moins d'un an, il avait dépassé Eugène;
aussi le chef de l'institution avait-il donné à entendre à madame de Mézières que, vers la fin de cette
seconde année scolaire, bien des couronnes vien-
draient orner le front de son fils.

D'abord elle n'avait senti autre chose qu'une joie
vive; la réflexion lui montra pour son enfant des
conséquences bien redoutables de ce triomphe, si
Eugène était moins favorisé. Déjà madame de Nérac
avait laissé percer plusieurs fois son mécontentement en apprenant, par son petit-fils, l'affection dont
on entourait Léon à la pension; elle savait encore
par lui que Léon était sans cesse offert pour modèle
à ses camarades; que tous les maîtres le chérissaient,
l'encourageaient, le secondaient dans ses efforts;
que le professeur de dessin surtout disait avoir trouvé
en lui un élève remarquable et digne des plus grands
soins; et la grand'mère, injuste envers Léon par
amour pour son petit-fils, le recevait d'autant plus
mal qu'il apportait plus d'exemptions les jours de
sortie. Que serait-ce donc lors de la distribution des
prix, si Léon l'emportait sur Eugène! Eugène ne se
montrait pas jaloux des succès de son cousin, mais
il pouvait le devenir...

Madame de Mézières attendit avec des angoisses
inexprimables cette époque qui eût été pour elle, en
toute autre circonstance, la plus belle de sa vie, et
que la position où le sort l'avait placée lui rendait si
redoutable... Léon eut cinq prix et trois accessits;
Eugène n'eut qu'un seul accessit.

Au retour, M. de Mézières fut silencieux. Léon

embarrassé de ses triomphes et peiné de l'air affligé d'Eugène, ne savait quelle contenance tenir. Il lisait sur le visage de sa mère plus de gravité que de joie, et sur le visage de son oncle quelque chose de contraint que des efforts maladroits pour paraître satisfait, faisaient mieux ressortir encore.

Madame de Nérac, déjà instruite par son domestique, qu'elle avait envoyé s'informer à la pension du résultat de la distribution des prix, qu'Eugène n'était point lauréat et que Léon, au contraire, revenait chargé de couronnes, acheva de déconcerter le pauvre enfant, en lui faisant un accueil plus froid encore que de coutume. Elle ne daigna pas lui dire un mot de félicitation; mais, en revanche, Eugène fut accablé de caresses et de jolis présents que la bonne maman avait préparés, afin de doubler pour lui la joie de ce *beau jour*. Quelques mots plein d'aigreur ayant donné à entendre qu'elle serait bien aise de se trouver seule avec son gendre et son petit-fils, madame de Mézières se hâta d'emmener Léon chez elle, et là, elle osa le presser enfin sur son cœur avec toute l'ivresse de l'amour maternel.

Léon répondit d'abord machinalement aux caresses qu'il recevait. Ce qui s'était passé depuis le matin avait jeté une grande confusion dans ses idées; son cœur était comme oppressé sous un poids bien lourd. Bientôt ses larmes coulèrent et se mêlèrent à celles de sa mère qui lui prodiguait les noms les plus doux.

Leur émotion à tous les deux était si vive, qu'ils furent quelque temps avant de pouvoir parler. Enfin, Léon s'écria :

— Maman, je t'en conjure, explique-moi ce que tout cela veut dire!

— Mon fils, mon Léon, répondit madame de Mézières, as-tu donc oublié cette maxime favorite de ton excellent père : *Les dieux ne nous ont rien donné, ils nous ont tout vendu!* C'est presque toujours aux dépens de notre repos et de notre bonheur que nous sont accordés les avantages de la naissance, de la fortune ou d'une heureuse organisation!

— Maman, c'est bien injuste cela! car enfin, on n'est pas cause de naître grand seigneur, ou riche, ou spirituel.

— Et pourtant, mon fils, on est tout prêt à s'*enorgueillir* de ces avantages *dont on n'est pas cause.* C'est cet orgueil surtout qui excite l'envie, et l'envie nous fait payer chèrement nos succès!

— C'est vrai, maman, dit Léon après un moment de réflexion. Et s'il faut que je te le dise, tous ces prix que j'ai tant désirés... m'ont inspiré des idées... bien honteuses... J'ai été presque bien aise un moment qu'Eugène, qui a tous les avantages de la fortune, n'en eût pas remporté... et je me suis regardé comme bien supérieur à lui... c'est vilain cela! Après, quand j'ai vu comme il était triste, comme mon oncle était sérieux, et comme toi aussi tu paraissais sérieuse... ô maman, que j'ai eu honte de moi!

Léon cacha ses joues brûlantes dans le sein de sa mère.

— Quelles idées te sont venues alors? demanda madame de Mézières.

— Alors, maman, j'ai senti le chagrin du pauvre Eugène et de mon oncle, et j'ai pensé que si Eugène n'était pas plus riche que moi, et n'avait pas une grand'mère qui le gâte, il travaillerait comme je travaille; et alors, maman, il remporterait des prix; mais pas les mêmes, parce que, vois-tu, nous ne sommes pas *organisés* de la même manière. Ainsi, pour t'en donner un exemple entre bien d'autres, il sera, s'il veut, grand mathématicien, tandis que moi, je ne peux pas venir à bout de faire quelque chose de bon dans l'algèbre; ainsi, il ne peut pas réussir à mettre seulement une tête d'ensemble, tandis que M. Derbigny parle déjà de me faire dessiner l'anatomie. Tu comprends la différence, maman?

— Oui, mon fils, et cette différence te prouve la vérité de ce que ton père t'a dit bien des fois de l'influence de l'organisation sur les talents divers des hommes; d'où résultait pour lui cette autre vérité, qu'il n'y a donc pas lieu de s'enorgueillir d'être né avec des dispositions heureuses qui facilitent le travail pour quiconque en est doué; de même encore qu'il n'y a pas lieu de traiter avec un superbe dédain ceux que la nature a moins favorisés.

— Bien au contraire, maman! Mon père disait toujours qu'on devait venir à leur secours, aplanir pour eux les difficultés et les réconcilier avec eux-mêmes, en les aidant, par sa modestie, à oublier qu'on se trouve mieux partagé. Pourtant, maman, la modestie, ce n'est que de l'hypocrisie!

— Mon fils, on est modeste et non point hypocrite lorsqu'on sent bien tout ce qu'on doit au Ciel, à la nature, à ses parents, à l'éducation qu'on reçoit. Que serait-on si les dons du Ciel et de la nature, si de bons parents, et une bonne éducation manquaient?

— Pour cela, c'est bien vrai, maman!

— On est au contraire hypocrite et non pas modeste, lorsque, pénétré du sentiment de sa propre valeur, on nourrit l'amour de soi-même; lorsqu'on s'admire tout bas en s'humiliant tout haut. Tôt ou tard cette prétendue modestie se trahit, et l'hypocrite devient un objet de haine ou de mépris, tandis que l'homme vraiment modeste peut exciter involontairement l'envie, et parvenir cependant à se faire pardonner du moins une supériorité dont il ne s'enorgueillit pas; quelquefois même il réussit à se faire aimer.

Léon semblait disposé à dire quelque chose, cependant il se tut; mais il se promit de continuer à se conduire comme il avait fait jusqu'alors avec ses camarades, et de mettre encore plus de soin à obtenir, par une véritable modestie, qu'on lui pardonnât d'avoir reçu de la nature des dispositions heureuses, et, de ses parents, l'amour et l'habitude du travail.

Après avoir un peu hésité, il demanda à sa mère comment il devait se montrer avec Eugène.

— Comme à l'ordinaire, mon fils, répondit madame de Mézières. S'il te parle de ses insuccès, et s'il exalte tes *triomphes* avec aigreur, prouve lui bien que tu les dois surtout à ton assiduité au travail qui t'a valu l'estime et l'affection de tes maîtres. Un peu de réflexion lui fera sentir que c'est la vérité. Pour toi, mon enfant, n'oublie jamais qu'il y a deux choses qui sont toujours à notre disposition et qui ne dépendent, pour ainsi dire, que de nous seuls, la bonne volonté et le travail.

Chaque année, à l'époque des prix, M. de Mézières

réunissait chez lui la famille de sa femme et quelques
amis. Jusqu'alors la grand'mère avait pu jouir sans
rivalité des succès, toujours assez médiocre, de son
petits-fils ; mais cette année, Eugène avait dans Léon
un émule qui devait attirer tous les regards, et c'est
ce qui arriva, au grand embarras du jeune lauréat. Il
souffrait sincèrement de l'air chagrin d'Eugène, de
l'air mécontent de son oncle et des manières plus
hautaines encore de madame de Nérac envers sa
mère et lui.

Aussitôt après le dîner, il s'échappa, tout confus
des éloges dont on l'avait accablé ; mais vainement il
chercha partout Eugène qui avait disparu de table
avant lui. Enfin, il apprit du vieux Pierre que *monsieur* Eugène venait de partir pour le spectacle avec
l'un de ses oncles.

Le cœur de Léon se serra. Il avait été convenu, une
semaine auparavant, que les *lauréats* seraient con-
duits à l'Opéra le soir de la distribution des prix, et
tout le monde avait oublié Léon après l'avoir enivré
de louanges !

Il monta tristement à la chambre de sa mère, et, à
la vue des couronnes posées en pyramide sur les
prix, son cœur, gonflé d'amertume, se soulagea par
un torrent de larmes.

—Je n'en veux plus aucune, maman ! s'écria-t-il
en s'élançant dans les bras de madame de Mézières,
qui était montée, sans qu'il s'en fût aperçu, presque
en même temps que lui.

—Tu n'en veux plus, mon fils ! répéta-t-elle avec
un accent plein de tendresse. L'injustice de ceux qui
ne peuvent t'aimer comme aime une mère, te fera-

t-elle oublier la joie dont tes triomphes ont rempli
mon âme!... Cette injustice te fera-t-elle renoncer à
vouloir, chaque année, orner de quelques couronnes
le tombeau de ton père!...

— Maman, s'écria Léon qui se ranima soudain, il
faut les envoyer tout de suite, veux-tu? Ah! que ne
sommes-nous plus riches, nous serions allés les porter nous-mêmes!...

La mère et le fils se tinrent longtemps embrassés.
Ils pleuraient tous les deux; tous les deux se disaient
quelle joie ce jour aurait apportée dans le cœur d'un
mari, d'un père..., et le sentiment de leur isolement
achevait d'empoisonner ce beau jour, déjà gâté par
l'injustice et l'envie.

Les cinq couronnes partirent le soir même, et Léon
dit involontairement, comme tant de fois il avait dit
jadis :

— Mon père sera content!

— Pauvre enfant! murmura tristement sa mère.

Le jeudi, Léon arriva avec une figure brillante de joie (page 226).

IV. — Les rêves

La première semaine des vacances fut si triste pour le pauvre Léon, qu'il demanda à reprendre ses études.

M. de Mézières voulait sans doute et sincèrement qu'aucune différence ne fût mise entre les deux cousins; mais madame de Nérac savait trouver moyen d'en établir une très grande, et d'empoisonner pour l'orphelin les plaisirs que son oncle l'appelait à partager; et il était impossible de ne point voir qu'elle cherchait à le punir d'avoir été meilleur écolier qu'Eugène.

Afin d'éviter à son enfant des déceptions quotidiennes, madame de Mézières résolut de se priver du bonheur qu'elle goûtait à passer avec lui des journées entières. Léon retourna donc chez son institu-

teur; et il s'en fallut peu que cet *amour de l'étude* ne
devînt, pour madame de Nérac, une occasion de
jeter du ridicule sur la mère et sur le fils. Elle n'était
point méchante cependant; mais Eugène absorbait
toutes ses affections, et elle ne pouvait souffrir qu'on
s'occupât d'un autre que de son Eugène.

Un jeudi, Léon arriva avec une figure sur laquelle
brillait la joie la plus vive; et il conserva son air de
gaité pendant tout le déjeuner, quoique d'ordinaire
l'aspect seul de la maison suffit pour le rendre sérieux et sombre comme ceux qui l'habitaient.

Dès que la partie d'échecs fut commencée, il en-
traîna sa mère, sans faire attention aux signes d'Eugène, pour l'engager à aller jouer avec lui.

— Maman, dit-il après avoir soigneusement fermé
à clé la porte de l'appartement de madame de
Mézières, tu ne sais pas! j'ai bien des choses à te
raconter, va! et si tu veux, nous n'aurons bientôt
plus besoin de mon oncle!

— Mon fils, répondit madame de Mézières, on a
toujours besoin de ses parents.

— Oui, maman, pour vous aimer, mais non pas
pour vous donner du pain; ce qui est bien différent!

— Tu as piqué ma curiosité. Voyons, raconte, puisque tu as tant de choses à me raconter.

— D'abord, maman, tu sauras que M. Derbigny
est très content de moi. Il m'a déjà mis à dessiner
d'après la bosse, et comme nous ne sommes que trois
à la salle de dessin, à cause des vacances, il s'occupe
beaucoup de moi, et il a commencé à me faire dessiner le paysage. Tu ne sais pas, maman, il doit demander à M. Regnard la permission de m'emmener

aux environs de Paris, où il va prendre des vues, afin de s'assurer si je serais capable de faire quelque chose d'après nature. C'est qu'il ne me croit pas aussi avancé que je le suis, va, parce que je n'ai jamais reçu les leçons d'un maître! Maman, voudras-tu que j'aille avec lui?

— Je n'ai aucune raison de m'y opposer, si M. Regnard juge à propos de te le permettre.

— Oh! quel bonheur! mais ce n'est pas tout, maman! j'ai bien autre chose à te dire, et c'est cent fois meilleur!

— Voyons donc, et ne me tiens pas ainsi en suspens.

— Tu ne te fâcheras pas, n'est-ce pas, si je commence par te dire ce qui me pèse sur le cœur depuis... oh! depuis bien longtemps?

— Qu'est-ce qui te pèse sur le cœur, mon enfant?

— C'est que vois-tu..., je n'ai pas envie... mais pas du tout, d'être homme de loi, ni médecin. Je ne te l'aurais jamais dit si... Enfin, maman, je te le dis, parce que je peux être mieux que cela.

— Mieux que cela?

— Ecoute une chose. Pour devenir homme de loi ou médecin, il faut que je reste en pension pendant bien des années encore. Après cela, il faudra que j'étudie encore pendant bien d'autres années sans rien gagner du tout... Oh! c'est que je me suis bien informé, va!... Je n'ai pas peur de l'étude, bien au contraire; tu le sais, maman, n'est-ce pas?

— Oui, mon fils.

— Mais, maman, tout cela coûtera beaucoup d'argent à mon oncle... au lieu que si j'avais *un état*, mais là, ce qui s'appelle un état, dans trois ans nous n'aurions plus besoin de personne.

— Dans trois ans? mais, mon pauvre enfant, ce n'est pas possible.

— Maman, tu vas voir; je t'ai gardé le meilleur pour la fin. M. Derbigny est un bien brave homme, va! et si bon!... Je lui ai raconté nos peines.....

— Comment, mon fils, tu as été dire nos chagrins à un étranger! Tu t'es plaint de ton oncle peut-être!

— Pour cela, non, maman! J'ai dit, au contraire, comme il est bon; comme il prend soin de nous deux... Mais il y a madame de Nérac... Est-ce que tu crois, maman, que je ne vois pas bien que tu es malheureuse?

— Pauvre enfant! s'écria madame de Mézières en serrant son fils sur son cœur. Non, mon Léon, je ne suis point malheureuse. Une mère ne l'est jamais quand elle a un fils qui possède un cœur comme le tien!

— Tu verras, maman, comme nous serons heureux si tu consens à ce que M. Derbigny me propose!

— Que te propose-t-il donc?

— De faire de moi un graveur.

— Un graveur!

— Il aurait préféré faire de moi un peintre, parce qu'*il y a de l'étoffe*, à ce qu'il dit; et j'aurais été bien content, maman! Oh! quel bonheur, et quel honneur de remporter le grand prix et d'aller à Rome! et puis faire de beaux tableaux, et de lire mon nom dans tous les journaux!... car enfin, maman, de la gloire, c'est si beau!...

— Tu ne parlais pas ainsi le soir du jour où tant de couronnes avaient été posées sur ta tête!

— Oh! c'est que c'est bien différent!

— C'est la même chose, mon enfant. Notre famille, le collège, sont le monde en miniature. Nous y trouvons les mêmes passions, la même envie, les mêmes obstacles qui viendront plus tard troubler notre joie et s'opposer à nos succès.

— Alors, maman, j'aime mieux décidément être graveur. D'ailleurs je pourrai me tirer d'affaire plus tôt. M. De ˡigny assure qu'avec les dispositions que j'ai, et en travaillant bien, je serai capable, dans trois ans, de gagner au moins ma vie, et alors, maman, j'aurai quatorze ans. C'est bien beau, à quatorze ans, de n'avoir besoin de personne!... Mais ce n'est pas encore tout. C'est que M. Derbigny est graveur en même temps que peintre; il a fait sa fortune lui-même, et si tu veux me placer chez lui, il me recevra de tout son cœur... Maman, tu ne dis rien! Je voudrais pourtant bien lui porter une réponse ce soir!

— Mon fils, répliqua madame de Mézières, une détermination de cette importance ne peut être prise sans de sérieuses réflexions. Il s'agit de ton avenir, mon Léon. Il s'agit de t'enlever toute possibilité de développer ton intelligence, de te priver des ressources nobles et belles que donne l'instruction, et de faire de toi un ouvrier!

— Ah! maman, je t'en prie ne va pas dire cela à M. Derbigny!... tu lui ferais bien de la peine. Ce

n'est pas un ouvrier qu'un graveur, c'est un artiste,
un véritable artiste! Si tu ne veux pas m'en croire,
demande-le lui à lui-même!

— Le lui demander, ce serait faire positivement le
contraire de ce que tu me *défends*. Je réfléchirai à
tout cela... et nous verrons.

Léon s'était attendu à voir sa mère partager toutes
ses espérances, comme jusqu'alors elle avait partagé
ses joies enfantines, ses rêves enfantins. Il se sentit
déconcerté par le ton sérieux et par l'air de plus en
plus grave avec lesquels elle répondait, et un léger
nuage obscurcit son front.

— Maman, dit-il en hésitant un peu, j'ai assuré à
M. Derbigny que tu seras bien aise de le voir; il doit
venir un de ces jours.

— C'est à moi d'aller chez lui, répondit madame
de Mézières. Demande-lui ses heures, son jour, et
prie-le, en mon nom, d'attendre ma visite.

— Mais, maman, si tu allais... n'y pas aller!

— Je te promets d'aller le voir. Mon enfant, sois
circonspect et plus discret que tu ne l'as été jusqu'à
présent. Faire ses confidences à tout le monde,
dénote un esprit faible et une âme peu courageuse.
Je pense que M. Derbigny mérite la confiance sans
bornes que tu lui as témoignée; mais si, par hasard,
il ne la méritait pas, tu nous aurais fait à tous les
deux un tort irréparable.

— Comment cela, maman? demanda Léon.

— Ta mère, mon fils, comprend très bien le motif
qui te porte à chercher les moyens d'être le moins
longtemps possible à la charge de ton oncle; mais
des personnes qui ne te connaîtraient pas pourraient

voir, dans ce désir, le besoin de changer, de passer d'une idée à une autre, et même de l'ingratitude, si tu t'étais laissé aller à parler un peu légèrement des personnes de cette maison. (Léon rougit). Les étrangers ne nous jugent que sur les apparences; et à ton âge, l'étourderie fait souvent qu'on met toutes ces apparences contre soi. Nous verrons. Je causerai avec M. Derbigny, et nous prendrons ensuite le temps nécessaire pour réfléchir. Mais plus de confidences à qui que ce soit!

— Maman, je te le promets!

Si Léon dormit peu cette nuit, sa mère dormit encore moins. Elles passent bien des nuits sans sommeil, les pauvres mères! d'abord auprès du berceau de leurs enfants, ensuite lorsque vient l'âge où l'instruction doit leur ouvrir tant de carrières, puis quand vient l'époque des passions, et plus tard encore, et toujours; car toujours leur existence, leur bonheur sont liés intimement à l'existence et au bonheur de leurs enfants!

Mais tandis que l'insomnie de Léon était embellie par les rêves d'une jeune imagination que la triste expérience n'est pas venue assombrir encore, l'insomnie de madame de Mézières était au contraire bien pénible. Ce n'est pas une affaire de peu d'importance, que de poser les bases sur lesquelles doit s'élever l'avenir d'un fils, que disposer pour ainsi dire de cet avenir par la direction donnée à ses études! et difficilement une mère se soumet, pour son fils, aux lois si dures de l'absolue nécessité.

Plusieurs jours se passèrent dans des réflexions

bien sérieuses. Madame de Mézières avait reçu
une lettre de Léon; il l'informait des jours, des heures auxquels on pouvait être certain de trouver
M. Derbigny chez lui; elle se décida enfin à l'aller
voir.

————

M. Derbigny montrait de la main des tableaux (page 232)

V. — Un artiste

Madame de Mézières fut reçue par M. Derbigny
comme une ancienne connaissance; et cependant
c'était la première fois qu'il la voyait. Mais les artistes conservent, jusque dans un âge avancé, cette
chaleur de cœur et cette vivacité d'imagination qui
les ont faits artistes. Léon avait tant parlé de sa mère,
que M. Derbigny la *connaissait*, cette mère dévouée
comme le sont toutes les mères, et sans attendre
qu'elle eût trouvé moyen d'amener l'entretien sur
son fils, il lui dit qu'il aimait cet enfant, parce que
cet enfant était doué des dispositions les plus heureuses.

—Oui, Madame, ajouta-t-il, c'est un *prédestiné*,
comme nous le sommes nous autres artistes. Vous
pourriez faire à votre gré tout ce qu'il vous plairait

de votre fils, car il vous aime; et quand on aime sincèrement, on est capable de ces dévoûments qui
durent plus d'un jour. Mais sa riche nature est une
nature d'artiste, Madame. Je me suis reconnu en lui.
A son âge j'étonnais le *commun des martyrs* par mes
pochades pleines d'esprit; mais je dois dire que Léon
s'annonce de manière à me faire croire qu'il ira plus
loin que moi. S'il était tout à fait orphelin, je m'em-
parerais de cet enfant-là, et je le pousserais si bien
que, dans une vingtaine d'années, nous aurions un
peintre célèbre. C'est un meurtre de sacrifier tout
cela à la gravure; mais il faut vivre, et vivre deux, et
vivre dans l'indépendance surtout; car la plupart des
gens riches savent rendre pesantes aux pauvres
diables les chaînes d'argent, bien légères pourtant,
qu'ils leur attachent au cou. D'ailleurs, Madame, on
peut devenir graveur célèbre quand on veut travailler, et quand on est doué ainsi que l'est votre fils.
Ne craignez rien; ce ne sera jamais un *ouvrier*, un
copiste manœuvre. S'il est réduit à copier, il copiera
en homme de génie; c'est ce que je fais, Madame,
voyez plutôt!

Et M. Derbigny montrait, de la main, des tableaux
de chevalet et de magnifiques gravures qui ornaient
le grand salon richement meublé dans lequel madame
de Mézières avait été introduite.

— Et de plus, Madame, ajouta-t-il, je jouis d'une
aisance que les peintres ne connaissent guère. En
voici la source.

Il se leva, et invita du geste madame de Mézières
à le suivre dans la pièce voisine. C'était un atelier où
travaillaient des jeunes gens, des jeunes filles. Les

uns dessinaient, les autres gravaient. Tous ces jeunes
visages brillaient de gaîté.

En passant au milieu de ses élèves, M. Derbigny
les désignait l'un après l'autre à madame de Mézières,
en disant :

— Celui-ci est un copiste et ne sera jamais que cela;
mais s'il est rangé, il ne connaîtra point la misère;
celui-ci est un artiste, celle-ci est artiste aussi, nous
en ferons quelque chose. Je vous présente mon fils,
Madame, et ma fille. Heureusement pour eux le nom
de leur père est fait. Croiriez-vous bien que je n'ai
pas le bonheur d'avoir un peintre dans ma famille!
Tout petits cependant, ils dessinaient l'un et l'autre
fort bien, mais ils s'en sont tenus là. Ils n'ont pas le
génie de leur père; et, fort heureusement pour eux,
je le redirai sans cesse, leur père leur laisse un nom
assez connu pour qu'ils n'aient pas besoin d'autre
héritage; c'est-à-dire s'ils veulent travailler et ne pas
me le gâter comme Florentine s'y dispose en ce moment même... Comment, tu ne comprends pas ce
qui manque à ce bras pour le faire tourner! creuse-
moi donc ces hachures avec le burin... Et cette dra-
perie! est-ce que c'est de la mousseline qu'il y a dans
le modèle? c'est du velours, tu le vois bien à la rondeur et à l'épaisseur des plis que te présente le dessin.

M. Derbigny, oubliant tout à fait madame de
Mézières, et préoccupé seulement de ce qui se passait sous ses yeux, allait d'une table à l'autre, louait
quelquefois, blâmait souvent et, saisissant ici la
pointe, ailleurs le burin et là-bas le crayon, il joignait
l'exemple au précepte.

Abandonnée à elle-même, madame de Mézières regardait avec intérêt autour d'elle. Dans cette grande salle éclairée par le haut, rien ne rappelait le luxe mêlé de désordre qui régnait dans tout l'appartement. Ici, les murailles grises n'étaient tapissées que d'ébauches à l'huile, au crayon, et tout autour, sur des planches assez sales, étaient jetés pêle-mêle des fragments de ronde-bosses, des morceaux d'étoffes de toutes les espèces et de toutes les couleurs, des *maquettes* ou mannequins de toutes les tailles. Dans le milieu de la salle s'élevait, comme une sorte de trophée, un grand chevalet, auquel on avait suspendu, à plusieurs étages, des *passe-partout*, espèces de cadres destinés à recevoir les modèles au crayon; ce chevalet était entouré de quelques enfants assis sur des tabourets, et qui tenaient sur leurs genoux leurs portefeuilles à dessiner. Plusieurs des tables à graver n'étaient pas occupées. Rendues luisantes par l'usage, presque toutes présentaient des traces de l'impatience ou de la gaîté de ceux qui étaient venus y travailler, et qui avaient pris plaisir à essayer leurs burins sur le bois, avant de s'en servir pour creuser le cuivre. De grands châssis de papier-serpente, qu'on pouvait abaisser ou relever à volonté au moyen de petites poulies, adoucissaient partout la lumière du jour.

Quand M. Derbigny eut achevé de donner des conseils et des ordres, il revint à madame de Mézières, s'excusa légèrement de l'avoir quittée, et la ramena dans le salon.

— Maintenant, Madame, lui dit-il, venons au fait. Voulez-vous faire un graveur de votre fils?

— Monsieur... je ne peux... disposer seule de son sort...

— Je le sais, Madame. M. Regnard m'a instruit des bontés de monsieur votre beau-frère pour lui : mais ce que je sais encore, c'est que, dans aucune autre carrière, Léon ne pourra arriver aussi promptement à n'avoir besoin de personne. Je ne vous parlerais pas ainsi, Madame, si cet enfant n'était qu'un enfant ordinaire. Mais il est né artiste, je vous le répète, et, pour les artistes, j'ai un cœur de père. Pour ceux-là, voyez-vous, je paierais les parents qui voudraient r ˈes confier, plutôt que de leur faire payer quelˌˌe ːhose. J'aime mon art par-dessus tout, et je vais partout cherchant des sujets qui soient dignes de s'y consacrer. Voilà pourquoi j'ai été toute ma vie professeur de dessin, et toute ma vie, Madame, quoique presque toujours à court d'argent, j'ai fait beaucoup de bien ; beaucoup plus que ceux qui peuvent donner et qui donnent de grosses sommes : car, développer un talent que la misère menace d'étouffer, c'est faire plus que d'aider les nécessiteux de sa bourse.

— Vous avez bien raison, Monsieur, dit madame de Mézières, puisque c'est tarir la misère dans sa source.

— Sans doute, Madame, mais chez ceux qui veulent travailler, entendons-nous !

— C'est bien ainsi, Monsieur, que moi-même je l'entends.

— Eh bien ! Madame, Léon a tout ce qu'il faut pour *vouloir* travailler. Je me charge du reste. Donnez-le-moi seulement, et ne vous inquiétez de rien.

— Il y aura cependant, Monsieur, des arrangements à prendre, si mon fils devient votre élève.

— Quels arrangements, Madame?

— Mais, Monsieur.....

— Mais, Madame, les artistes sont entre eux pères, mères, frères, sœurs, oncles, neveux, cousins, beaucoup plus qu'on ne l'est souvent dans sa propre famille.

— Eh bien! Monsieur, puisque je parle à un *parent*, à un *ami* du moins, quoique nous ne nous connaissions que de tout à l'heure.....

— De tout à l'heure! je vous connais, Madame, depuis que Léon est entré chez M. Regnard. Tel fils, telle mère.

— Et moi, Monsieur, je vous connais également par vos bontés pour mon fils.....

— Demandez à ses camarades si je suis toujours bon! Il n'y a dans ma classe que lui qui travaille. Tous les autres ne sont que des enfants gâtés par leurs parents et par la fortune. Eh bien! qu'avez-vous à dire au *parent de tout à l'heure?*

— J'ai à dire, sans détour, Monsieur, que je n'accepterai point un service qu'il me serait impossible de reconnaître.

— Et comment prétendriez-vous, Madame, reconnaître ce que je veux faire pour Léon?

— Par la plus tendre affection, sans doute; par toute la gratitude dont est capable le cœur d'une mère.....

— Je les accepte.

— Mais ce n'est pas tout, Monsieur. Si Léon entre chez vous, il doit être soumis aux mêmes conditions que vos autres élèves.

— Le moyen, Madame! Ne vous ai-je pas dit que je n'en fais aucune avec mes élèves de choix?

— Nous en ferons quelques-unes cependant, Monsieur, si vous voulez bien, sinon......

— Non, n'est-ce pas? Ainsi, pour satisfaire une misérable délicatesse, vous refuserez d'assurer à votre fils des moyens d'existence! Cela fait pitié, Madame, permettez-moi de vous le dire. Qu'est-ce que je lui donnerai à votre enfant? Quelques minutes, quelques conseils! c'est à lui de faire le reste.

— Mais, Monsieur, ceux de vos élèves qui ne peuvent...... payer les leçons qu'ils reçoivent, donnent, je le sais, un certain nombre d'années...

— Eh bien! Madame, Léon fera comme ceux-là; il me donnera du temps. Etes-vous contente?

— Ce temps, Monsieur, est plus ou moins long.

— Quant à ceci, Madame, moi seul en peux décider, ou plutôt votre fils. Chez moi, dès qu'on est en état de gagner réellement quelque chose, on ne gagne pas seulement pour le maître. Vous voyez donc bien que le temps *à me donner* dépend du zèle de votre fils pour le travail, et pas du tout de moi.

Madame de Mézières ne put obtenir davantage de M. Derbigny qu'elle quitta enfin sans rien décider encore, et qui lui dit, au moment des adieux :

— Dans six mois, dans un an, dans trois ans, mes dispositions pour Léon seront les mêmes; et, en attendant votre décision, je le ferai étudier de manière à lui rendre plus tard son apprentissage facile.

———

— Comment est mon frère ? demanda-t-elle (page 241)

VI. — FRANCHISE ET DÉLOYAUTÉ

Madame de Mézières était bien rêveuse en sortant
de chez M. Derbigny. D'après ce qu'elle avait vu, et
d'après l'affection qu'il montrait pour Léon, elle pouvait espérer que son fils se trouverait dans quelques
années en état de vivre indépendant, et c'était ce
qu'elle désirait le plus au monde, car elle savait bien
cruellement ce que c'est que la dépendance; car elle
payait chèrement l'hospitalité qu'elle recevait malgré elle, pour ainsi dire, et uniquement dans le but
d'assurer à son fils une instruction que ses seuls
moyens n'auraient pu suffire à lui donner. Mais
M. de Mézières consentirait-il à ce qu'on fit prendre
cette direction au fils de son frère? à un enfant qui
portait le même nom que lui? ce nom dont il était si
fier! Madame de Mézières avait lieu d'en douter; et

non seulement elle devait, par reconnaissance et par affection, ne point contrarier son beau-frère en cette circonstance si importante, mais elle ne pouvait, sans effroi, songer à la nécessité où elle serait peut-être de lui donner occasion de faire valoir les droits et de déployer la sévérité d'un tuteur; car il était le tuteur de Léon.

La pensée que son fils était encore bien jeune, ranima son courage abattu. Elle se dit qu'elle pouvait prendre le temps de réfléchir, d'examiner sous toutes ses faces la proposition généreuse de M. Derbigny, et elle se promit de le voir souvent, de s'assurer de la moralité de cette famille, et de ne contracter d'aussi grandes obligations, que si elle la trouvait digne de toute son estime.

Léon eut beaucoup de peine à se soumettre à la détermination de sa mère. Il avait fait tant de rêves encore plus beaux que les premiers! et il croyait n'avoir pas de temps à perdre pour les réaliser. Il se soumit cependant, et s'engagea à mettre à profit le peu de mois qui lui seraient peut-être laissés pour des études qu'il faudrait ensuite abandonner à jamais. Sa mère, en récompense de son obéissance, promit, puisque M. Derbigny voulait bien le permettre, d'aller passer avec lui, dans cette maison, la plus grande partie des jours de congé.

Rien n'est plus facile que de se trouver admis dans l'*intimité* des artistes et de pouvoir arriver promptement à les juger. Chez eux, le vice, de même que la vertu, est sans voile, et rarement les trouve-t-on capables d'hypocrisie. L'amour-propre les domine; mais cet amour-propre a pour objet principal leur art qu'ils mettent au-dessus de tout et dans lequel tous croient exceller; aussi montrent-ils avec une incroyable naïveté leur bonne opinion d'eux-mêmes, leur mauvaise opinion des autres; et, comme ils ne perdent aucune occasion de vous occuper de ce qui les touche, vous vous trouvez instruit, sans nul effort, de tous les secrets de leur vie intérieure.

Madame Derbigny était une femme très ordinaire, mais bonne femme au fond. Elle s'était mariée fort jeune et elle avait activement aidé son mari, dont elle avait été l'élève. Tous deux, parfaitement débarrassés des soucis et des obstacles que suscitent l'habitude et l'amour de l'ordre, avaient longtemps vécu sans pensée du lendemain; tous deux aimaient le luxe, et il leur était souvent arrivé d'y sacrifier le nécessaire, quitte à s'imposer plus tard des privations fort dures. Aujourd'hui, tout annonçait chez eux une grande aisance; mais cette aisance reposait sur le travail de chaque jour, pour ainsi dire. Jamais aucun d'eux n'avait songé à mettre de côté quelque chose pour ses vieux jours.

— A quoi bon! disait M. Derbigny à madame de Mézières; est-ce que nos enfants ne pourront pas nous nourrir à leur tour?

— Mais ils se marieront à leur tour, et à leur tour ils auront des enfants...

— Sans doute! eh bien! ils feront comme nous avons fait ma femme et moi. Nos vieux parents ont toujours partagé la fortune bonne ou mauvaise que le Ciel nous a donnée; nous partagerons la leur bonne ou mauvaise. Pourquoi se tourmenter de la journée de demain? Elle ne viendra peut-être pas?

16

Madame de Mézières ne pouvait partager cette indifférence que son mari avait poussée presque aussi loin, et dont son fils et elle se trouvaient victimes.

— Ah! disait-elle, il vient pourtant ce demain auquel on n'a point voulu croire, et les êtres qui nous étaient le plus chers sont voués, après nous, à la misère. Mon fils apprendra de moi à songer *à demain!*

Depuis deux mois madame de Mézières voyait assidument cette famille, dans laquelle régnaient une candeur, une bonté qui faisait passer sur bien des travers. Elle songeait à demander pour elle-même les leçons offertes à son fils; car maintenant elle n'hésitait plus sur le choix d'un état pour Léon. Ses progrès rapides dans le dessin, sa passion pour cet art, et les résultats obtenus par M. Derbigny faisaient naître en elle des espérances fondées, et qui gonflaient de joie son cœur maternel; mais avant de s'engager pour elle et pour Léon, elle résolut de parler à son beau-frère.

Quelques jours se passèrent sans qu'elle pût trouver une occasion favorable. Il lui semblait que M. de Mézières était plus froid que de coutume, que madame de Nérac cherchait à les empêcher de rester seuls ensemble... Puis elle se disait que la crainte inspirée par la seule idée de cet entretien l'entourait de fantômes et de terreurs chimériques...

Enfin, un matin, madame de Mézières se disposait à se rendre dans le cabinet de son beau-frère, lorsqu'un mouvement inaccoutumé dans la maison attira son attention. Elle entr'ouvrit sa porte; on parlait haut à l'étage inférieur; on allait et venait rapidement... Tout émue, sans savoir pourquoi, madame de Mézières descendit en hâte, et elle vit, par la porte du salon toute grande ouverte, un groupe de personnes qui semblaient occupées à en secourir une autre. Elle s'élance de ce côté; M. de Mézières, sans connaissance, était étendu sur le canapé. On venait de lui ouvrir la veine; mais le sang ne coulait pas.

Madame de Nérac, presque aussi pâle que son gendre, montrait une activité inaccoutumée, et donnait des ordres aussitôt exécutés.

A la vue de madame de Mézières, ses lèvres minces se contractèrent.

— Vous venez jouir de votre ouvrage! dit-elle amèrement.

— De mon ouvrage! répéta madame de Mézières stupéfaite.

— Oui, de votre ouvrage! répéta à son tour madame de Nérac. Un *de Mézières* devenir *graveur!*

— Silence, Madame, je vous en conjure! dit le médecin.

M. de Mézières commençait à donner signe de vie, et quelques gouttes de sang s'échappaient de son bras.

Madame de Nérac s'était rapprochée du malade; madame de Mézières s'en rapprochait aussi, lorsque le médecin donna l'ordre de faire sortir tout le monde, sans exception, et de ne laisser auprès de lui que le vieux Pierre; on obéit.

Madame de Nérac s'arrêta dans la pièce voisine.

— Madame, lui dit madame de Mézières, oserai-je vous demander l'explication des paroles que je viens d'entendre?

— Elles sont assez claires, je pense.

— Non pas pour moi, Madame.

— Oserez-vous nier qu'il ne soit question de faire de votre fils un graveur?

— Il en est question, Madame, et aujourd'hui même je comptais demander son assentiment à mon beau-frère.

— Son assentiment! répéta madame de Nérac, lorsque tous les arrangements sont pris, lorsqu'il ne s'agit plus que de fixer l'époque où s'accomplira ce chef-d'œuvre!

— Aucun arrangement, Madame, n'a été pris, répondit madame de Mézières d'un ton doux, mais ferme cependant. Je désire, en effet, que mon fils ait un état qui le rende indépendant; mais je n'ai pas oublié ce qui est dû à mon beau-frère, à notre bienfaiteur. C'est à lui que je rendrai compte de ma conduite. En ce moment, permettez-moi de ne songer qu'à son danger.

— Dispensez-vous de tout soin à cet égard, Madame, répondit sèchement madame de Nérac. Je vous prierai même de ne point paraître chez M. de Mézières sans avoir été mandée. Votre vue pourrait lui faire du mal.

Madame de Mézières s'inclina d'un air froid, et, sans dire un seul mot, elle se retira. Mais avant de monter chez elle, elle passa à l'office, et dit de lui envoyer Pierre dès qu'il serait libre.

Elle était à peine dans sa chambre, que le vieillard arriva.

— Comment est mon frère? demanda-t-elle vivement.

— Oserez-vous nier qu'il soit question... (page 211)

Pierre haussa les épaules, ferma la porte, dit de ce ton solennel qui lui était habituel :

— Monsieur est aussi bien que possible pour son état. C'est la troisième attaque depuis quatre ans; mais cette fois le médecin craint le retour de la paralysie. Quant à ce que madame de Nérac a dit, cela n'est pas positivement vrai. Monsieur a bien reçu ce matin un billet de M. Eugène; mais il n'avait pas même eu le temps de le lire quand il est tombé, puisque c'est madame de Nérac qui a décacheté ce billet. Pour ce qui touche le reproche qu'elle a fait à Madame pour la gravure, cela ne signifie autre chose, sinon qu'elle trouve moyen de savoir ce qui se dit comme ce qui ne se dit pas. M. Derbigny est venu l'autre soir pour voir Madame; Madame n'y était pas; madame de Nérac, ayant appris par Jacques, son *âme damnée*, qui était là, a voulu recevoir. Sans aucun doute, M. Derbigny se sera laissé aller à dire quelques petites choses. Madame de Nérac aura deviné le reste, et voilà! Madame a-t-elle quelque ordre à me donner?

— Non, pas pour le moment. Je vous prierai seulement de m'apporter, dans une heure, des nouvelles de mon beau-frère, et de m'avertir s'il demandait à me voir.

— Madame sera obéie.

M. de Mézières était si mal le soir, qu'on envoya chercher Eugène à sa pension, afin qu'il fût là si son père venait à le demander, et l'on passa sur pied la nuit suivante.

Madame de Mézières avait, à toutes les heures, des nouvelles, grâce à la complaisance du vieux Pierre

qui l'avait prise en affection à cause de sa douceur et
de sa politesse.

— Il est inutile que Madame se donne la peine de
descendre, disait-il chaque fois. Madame de Nérac a
fait défendre pour tout le monde la porte de l'appartement de Monsieur.

Pour tout le monde! Madame de Mézières savait à
quoi s'en tenir sur la signification de cette expression ; c'était elle seule qu'on désignait sous ces mots
de *tout le monde.*

A cette nuit cruelle, succédèrent des jours bien
pénibles. M. de Mézières était hors de danger, mais
le médecin craignait une rechute, et il avait ordonné
qu'on éloignât du malade les personnes dont la vue
pouvait lui causer une vive émotion. Madame de
Mézières fut mise en tête de la liste de ces personnes-là, par madame de Nérac.

Elle se soumit ; mais, de ce jour, fut prise la détermination de quitter la maison dès que M. de Mézières
serait en état de recevoir ses adieux. Jusque-là, son
devoir était de rester, de souffrir avec patience les
caprices de celle qui était maintenant maîtresse et
souveraine, et qui l'avait prouvé en retirant Eugène
de pension, sous le prétexte que son père témoignait
le désir de l'avoir sans cesse auprès de lui.

— Le pauvre homme! disait Pierre. S'il désire
quelque chose au monde, personne ne peut se vanter
de le savoir ; car il ne parle pas, il ne bouge pas, et
quand il vous regarde, c'est avec des yeux tout
hébétés.

Léon, qui savait que sa mère consentait enfin à ce

qu'il devînt graveur, se désolait à l'idée d'attendre jusqu'au printemps.

— Maman, disait-il, c'est du temps de perdu à présent!

— Mon fils, répondait madame de Mézières, il n'est jamais perdu le temps que l'on consacre à remplir son devoir. Notre devoir est de maintenir les choses dans l'état où elles étaient, lorsqu'une attaque d'apoplexie est venue priver notre bienfaiteur de ses facultés morales. Puis-je quitter sa maison alors qu'à chaque instant il peut arriver que mon beau-frère me demande? Puis-je te retirer de la pension où sa générosité t'a placé, avant qu'il lui soit possible d'exprimer une volonté à cet égard? Je n'aurais point bravé cette volonté dans le temps où il pouvait en avoir une; j'aurais tenté seulement de l'en faire changer. Aujourd'hui qu'il ne peut m'entendre, je dois attendre du moins; attendre aussi longtemps qu'il sera possible de conserver l'espérance de me faire enfin écouter.

Léon comprit que sa mère avait raison, et à son tour il se résigna.

— Mon frère, ne me reconnaissez-vous pas ? (page 256)

VII. — Changement de condition

Pierre était fort étonné de la réserve mise par madame de Mézières à ne s'informer jamais que de la
santé de son beau-frère, et du soin qu'elle prenait
d'éviter les *rapports* qui auraient pu l'instruire de ce
qu'on faisait ou disait dans la maison. Les domestiques sont les juges autant que les témoins des actions
de leurs maîtres ; et lorsque l'intérêt pécuniaire ne
les aveugle pas, ils rendent à chacun ce qui lui est
dû, parce qu'en eux parle ce sentiment de justice que
la passion peut bien égarer un moment, mais qu'elle
ne saurait complètement détruire. Aussi, madame de
Mézières, qui savait être à la fois polie sans fami-
liarité et digne sans orgueil, était-elle aimée, respectée, tandis que madame de Nérac, par son caractère
impérieux, tracassier, et par son insatiable curiosité,

n'était, en secret, pour *ses gens*, qu'un objet de risée et de mépris.

— Quoique Madame ne veuille absolument rien savoir de ce qui se passe dans la maison, dit un matin le vieux Pierre à madame de Mézières, je crois pourtant devoir la prévenir que, le mois prochain, Monsieur partira pour les eaux avec madame de Nérac. J'accompagnerai Monsieur; Jacques et Suzette accompagneront madame de Nérac, et il est question de permettre à Germaine, la cuisinière, d'aller faire un tour à son pays.

Madame de Mézières se sentit cruellement blessée au cœur.

Elle s'était bien attendue à quelque impertinence marquée, mais non point à se voir chassée pour ainsi dire. Elle se contint cependant, et ne témoigna rien du sentiment pénible qui l'oppressait.

— Il suffit, dit-elle au vieux Pierre. Je compte sur vous pour voir mon frère un instant avant mon départ.

— Comment! Madame, vous partez?

— Aujourd'hui même. Il y a longtemps que je ne serais plus ici, si le devoir ne m'y avait retenue.

— Il sera bien difficile que Madame voie Monsieur sans que madame de Nérac y soit; elle passe auprès de lui toute la journée.

— Peu m'importe. Cette démarche de ma part ne craint pas les témoins. Vous viendrez m'avertir de l'heure où je pourrai me faire annoncer chez M. de Mézières.

— Ce sera moi qui annoncerai Madame, si elle le veut bien.

Madame de Mézières répondit qu'elle y consentait, et Pierre se retira.

Dès qu'il fut sorti, elle s'occupa d'achever ses préparatifs de départ. Depuis un mois elle avait loué une chambre dans le quartier habité par M. Derbigny. Cette pièce, divisée inégalement en deux par une cloison, n'était pas grande; peu de meubles pouvaient suffire pour la garnir. La vente de quelques bijoux, conservés précieusement jusqu'alors, avait fourni l'argent nécessaire pour leur achat, et madame de Mézières avait de nouveau un *chez elle*. Personne encore n'en savait rien, pas même Léon, auquel elle avait voulu réserver le plaisir de la surprise à la vue du petit cabinet qui devait lui servir de chambre à coucher. La bonne mère l'avait elle-même tapissé de joli papier, et elle en avait garni la fenêtre de rideaux bien blancs.

Des larmes silencieuses coulaient sur les joues de madame de Mézières pendant qu'elle s'occupait à faire ses malles et ses paquets; sa mémoire trop fidèle lui rapportait minutieusement le souvenir des mauvais procédés dont on avait usé à son égard depuis près de six mois surtout. Toujours servis dans leur appartement, son fils et elle s'étaient trouvés privés de l'insigne honneur de dîner avec madame de Nérac et avec Eugène, lorsque celui-ci venait à Paris, ce qui n'arrivait pas souvent, parce qu'Eugène s'amusait beaucoup plus chez un de ses oncles, à la campagne, qu'auprès de son père malade; et sa grand'mère ne faisait que ce qui lui plaisait.

— Dieu soit loué! disait madame de Mézières le cœur gros de soupirs. J'ai rempli mon devoir jusqu'à la fin!... Mais d'indignes procédés me rendent à mon indépendance!

Madame de Nérac fut stupéfaite lorsqu'elle entendit annoncer madame de Mézières. Elle se leva brusquement, mais elle fut obligée de se rasseoir aussitôt. La colère dont elle était agitée la rendait si tremblante, qu'elle ne pouvait se soutenir.

Madame de Mézières la salua d'un air froid et s'avança vers son beau-frère, qui était assis dans un grand fauteuil, auprès du feu.

— Mon frère, dit-elle, ne me reconnaissez-vous pas?

M. de Mézières la regarda avec l'expression d'un étonnement stupide.

— Madame! s'écria madame de Nérac, qui se leva de nouveau et qui vint se placer auprès de son gendre, comme pour le défendre, il est inutile de faire une scène pathétique à laquelle M. de Mézières ne comprendrait rien du tout.

— Je viens seulement, Madame, faire mes adieux au bienfaiteur de mon fils, au frère de mon mari, à mon frère.

— Et lui rappeler sans doute les engagements qu'il a pris! Soyez tranquille, Madame, l'homme d'affaires de mon gendre paiera régulièrement la pension de votre fils, et l'on fournira à son entretien.

— Je vous remercie, Madame; mais, pas plus que moi, mon fils ne sera désormais à charge à personne.

Madame de Mézières se baissa pour appuyer ses lèvres sur les mains immobiles de son beau-frère.

— Adieu! dit-elle en se relevant les joues bai-

gnées de larmes, adieu, mon frère!... Et elle s'en-
fuit.

Madame de Nérac avait si peu d'idée de la grandeur et de la générosité de caractère, qu'elle ne vit,
dans ce qui venait de se passer, qu'une tentative
désespérée pour s'assurer de ce qu'on pouvait attendre de M. de Mézières; et lorsqu'elle sut que madame
de Mézières était partie *tout de bon*, son premier mot
fut : « Cette femme reviendra. »

Cette femme ne revint pas cependant, et elle
n'était pas tentée de revenir. Madame de Nérac l'apprit, grâce à son insatiable curiosité; elle apprit
encore que le chef de l'institution, M. Regnard, avait
offert de se charger de Léon, qu'il regardait comme
devant faire un jour l'honneur de sa maison, jusqu'à
l'époque où les étude< sont terminées; elle apprit
que madame de Mézières avait refusé en disant que
sa délicatesse ne lui permettait pas de contracter une
obligation aussi grande envers un étranger; que
d'ailleurs Léon, n'ayant pas de fortune, devait prendre un état; qu'il serait plus difficile peut-être de lui
en donner un lorsque les jouissances de l'étude auraient exalté son amour-propre et éveillé peut-être
son ambition; madame de Nérac apprit enfin qu'*un
de Mézières* venait d'être placé comme *apprenti*
chez un graveur; que *madame de Mézières* apprenait aussi à graver, mais seulement les dessins de
broderie et de tapisserie, afin de se trouver plus tôt
en état de *gagner de l'argent*, et madame de Nérac,
indignée, s'écria :

— Qu'on ne me parle plus de ces *gens-là!*

Tout ce que madame de Nérac avait appris était

l'exacte vérité; mais ce qu'elle ne savait pas et ce qu'il eût été impossible de lui faire comprendre, c'était la joie de la mère et du fils de se trouver réunis et chez eux; c'était le courage plein de gaîté avec lequel tous les deux supportaient les conséquences inévitables de leur condition nouvelle.

Madame de Mézières avait voulu se charger seule des détails du ménage. Pendant qu'elle allait et venait le matin, et qu'elle préparait les deux modestes repas de la journée, Léon étudiait. Sa mère désirait qu'il n'oubliât pas le peu qu'il avait appris; seulement il dirigeait ses études vers un but unique, celui de parvenir un jour à se distinguer comme artiste graveur. La plupart ne savent rien, pas même dessiner; ce sont *des machines à graver* plus ou moins bien montées. Léon aurait rougi de rester ouvrier, lorsqu'il sentait pouvoir devenir artiste; de même il aurait rougi de s'arrêter au point où il se trouvait arrivé, lorsqu'un peu de travail pouvait le conduire plus loin.

A huit heures, il partait avec sa mère qui le laissait à la porte de M. Derbigny. Madame de Mézières continuait ensuite sa route pour se rendre chez un graveur de dessins de fantaisie auquel M. Derbigny l'avait si bien recommandée que, pour un léger sacrifice d'argent, elle était certaine de se voir bientôt assez habile pour travailler chez elle, et pour s'assurer un petit revenu par semaine, grâce à son travail.

Le soir, à six heures, on se retrouvait, et cette fois Léon aidait sa mère à mettre le couvert, à servir le dîner cuit dès le matin, et qu'ainsi on trouvait prêt en rentrant.

Comme on n'était qu'au commencement du printemps, les soirées étaient encore fraîches, souvent pluvieuses, et les veillées longues; en attendant le retour de la belle saison qui permettrait de se délasser des travaux de la journée par une promenade dans les champs, madame de Mézières travaillait comme travaille une mère qui veut que son enfant conserve au moins les habitudes d'ordre et de propreté contractées dans des temps meilleurs, et que nul ne puisse dire en le voyant : « C'est l'enfant de la pauvreté ! »

Pendant qu'elle cousait, Léon dessinait auprès d'elle, ou bien il lui faisait la lecture; et les soirées passaient si vite, que Léon pouvait à peine croire que l'heure du repas était arrivée.

Dès les premiers temps, madame de Mézières s'était expliquée nettement avec M. Derbigny au sujet des invitations à dîner que cet excellent homme comptait bien multiplier le plus possible.

— Mon fils et moi, avait-elle répondu, nous sommes inséparables aux heures où nous pouvons jouir du bonheur de nous réunir. Quand nous serons riches à notre tour, et quand nous pourrons donner aussi à dîner, nous accepterons les invitations de ce genre; jusque-là nous nous en trouvons dispensés. N'insistez donc pas, Monsieur; ce serait inutile, car ma résolution est prise.

M. Derbigny, haussant les épaules, avait cessé ses sollicitations; mais il s'était retiré mécontent et en murmurant :

— Ce pauvre enfant ne sera jamais qu'à moitié artiste! Je vous demande un peu! ne point dîner en

17

ville parce qu'on ne peut rendre un diner! A ce compte, moi, je n'aurais pas souvent diné en ville dans mon jeune temps, ni même depuis, ce qui me venait pourtant toujours à propos, car toujours ma bourse était plate... Elle l'est encore parfois aujourd'hui... Le moyen qu'il en soit autrement!... Les arts et l'économie se haïssent tout naturellement... Oui, certainement, il ne sera qu'à moitié artiste, mon pauvre Léon!

L'atelier se jonchait de débris (page 260)

VIII. — L'APPRENTI GRAVEUR

Le jeune monde de l'atelier dans lequel Léon
venait d'entrer ne ressemblait pas du tout au jeune
monde de la pension, si ce n'est par ces traits géné-
raux qui distinguent partout l'espèce humaine. Ici,
comme chez M. Regnard, il y avait des fanfarons, des
jaloux, des caractères gais, des caractères chagrins,
des espiègles et des naïfs, des malins et des inno-
cents, et cependant aucun ne ressemblait positivement à ceux du même genre que Léon avait vus
précédemment. C'est qu'ici, l'éducation de la famille,
l'habitude de vivre avec des gens de bonne compagnie, n'étaient pas venues polir les aspérités du caractère, apprendre à tous à se dompter et mettre la politesse à la place de la nature tout à fait nature.

Chez M. Regnard, on affectait bien de se donner

des airs capables, de trancher de l'homme fait et du
savant ; mais c'était avec plus de réserve pourtant que
chez M. Derbigny ; on n'y montrait pas aussi ouvertement ses prétentions : on n'osait pas les exprimer
avec aussi peu de retenue, et dans les querelles,
même les plus vives, se faisait sentir encore *ce je ne
sais quoi* qui distingue les enfants comme les hommes bien élevés. Ce dont Léon s'étonnait beaucoup,
c'est que M. Derbigny riait de ces disputes qui dégé-
néraient en batailles rangées lorsqu'il n'était pas là,
et lorsque ceux qu'on appelait *les grands* s'absen-
taient. Alors les rondes bosses, les cartons, les porte-
crayons, les burins même servaient tour à tour d'ar-
mes offensives ou défensives ; l'atelier se jonchait de
débris, les burins déchiraient plus que les habits, et
madame Derbigny, accourue au bruit, distribuait, à
peu près avec justice, réprimandes et châtiments.
Tout rentrait alors dans le silence, et tous travaillaient de concert à réparer le dommage et à faire disparaître les traces du combat, chose qui n'était pas
toujours possible.

Un soir, Léon revint au logis fort inquiet de ce qui
résulterait le jour suivant de la fâcheuse découverte
qu'une planche, presque terminée, avait été gâtée
par sa chute du pupitre à terre, sans qu'aucun des
combattants pût dire au juste comment ce malheur
était arrivé.

— Maman, dit-il en finissant son récit, je n'ai pas
pu faire autrement que de me battre avec les autres.
Jusqu'à présent je m'en étais dispensé, parce que
ces jeux-là ne me plaisent pas ; mais on a dit que je
manquais de courage ! Tu penses bien, maman, que

je ne pouvais faire autrement que de prouver que
j'en ai!

— Assurément, répondit madame de Mézières d'un
ton fort sérieux.

— Je ne sais pas du tout qui a fait tomber la planche à laquelle travaillait Florentine. La pauvre
Florentine! elle y avait passé toute la nuit dernière,
car on l'attend... C'est peut-être moi, quand je me
suis baissé pour éviter la jambe de la Vénus qu'E-
douard me lançait à la tête...

— Qu'importe! s'écria madame de Mézières; il
s'agissait seulement de prouver que tu as du courage. En est-on bien convaincu maintenant?

— Oh! oui, maman, je t'en réponds!

— Alors, reprit madame de Mézières, je présume
que tu te croiras désormais dispensé d'en fournir des
preuves aussi coûteuses pour M. Derbigny?

— Maman, tu es mécontente, je le vois bien.

— Je suis au contraire très contente et très fière
d'avoir un fils qui a du courage! un fils qui profite à
merveille de tous les bons exemples qu'il reçoit, et
que bientôt on pourra citer comme le plus audacieux,
le plus tapageur des élèves de l'atelier!

— Maman, ne raille pas, je t'en prie.

— Railler! je m'en garderais bien! Qui sait si tu
ne voudrais pas me montrer aussi, à moi, que tu
n'entends pas la raillerie!

Léon baissa la tête, puis il la releva et se jeta au
cou de sa mère qui ne répondit pas cette fois à ses
caresses.

— Mon fils, lui dit-elle d'un air grave, il est sans
caractère et sans vrai courage, celui que jusqu'au

dernier sot peut mettre hors de lui par un mot mé-
chant ou irréfléchi. Lorsque tu es entré chez M. Derbigny, je t'ai averti que l'affection qu'il te porte te
ferait des jaloux; je t'ai prévenu qu'on t'envierait
même le peu d'instruction que tu as reçu; je t'ai dit
encore que tes manières réservées et polies te vau-
draient, de la part de quelques étourdis, un sobriquet
dont il faudrait être le premier à rire. Tout ce que je
t'avais prédit est arrivé. On t'a surnommé le Monsieur! tu t'es fâché; hier on t'accuse de manquer de
courage, tu te venges en jetant ton portefeuille à la
tête de l'impertinent; l'impertinent riposte, tu te
baisses pour éviter le coup, ce qui est une preuve
sans réplique de courage, et dans ce mouvement tu
fais tomber une planche de prix; tu annules ainsi, en
un instant, le travail de plus d'une année peut-être;
et ne voulant pas te reconnaître coupable ni capable
d'avoir fait cette maladresse, tu exposes un innocent
à se voir expulsé.

— Non, non, maman. Je dirai que c'est moi qui ai
fait tomber la planche.

— En es-tu sûr?

— Non, maman.

— Alors pourquoi mentir?

— Eh bien! je raconterai à M. Derbigny comment
la chose s'est passée.

— C'est ce que tu as de mieux à faire. En cette circonstance, comme toujours, la vérité, rien que la
vérité.

Autant M. Derbigny se montrait constamment in-
dulgent et bon, autant il était sévère lorsque les circonstances l'exigeaient. Le résultat de l'enquête fut

le renvoi de deux élèves qui, par leurs malices, excitaient toujours les querelles, les combats et trou-
blaient les travailleurs.

Léon était triste au retour. Pour la première fois,
le matin, il était allé à l'atelier avec un sentiment
d'inquiétude; pour la première fois il en revenait le
soir sans gaîté.

— J'ai vu M. Derbigny dans la journée, lui dit sa
mère. Tu as réparé, autant qu'il dépendait de toi,
par la franchise, le malheur arrivé hier, je le sais, et
j'espère qu'aucun de vous ne perdra le souvenir de
cette leçon?

— Oh! non, maman! tu peux y compter!

— Elle coûte cher à M. Derbigny, d'après ce qu'il
m'a dit. Il m'a assuré cependant que cette planche
n'est pas tellement gâtée, qu'il ne puisse la réparer;
mais j'ai lieu de croire que ce ne sera pas sans beaucoup de travail.

— Oh! oui, maman! Tous les fonds sont à refaire,
ainsi juge!

— Je ne suis pas assez habile dans l'art de la gravure pour comprendre comment cette réparation est
possible; es-tu de force à me l'expliquer?

— Oh! oui, maman, et tu vas le comprendre tout
de suite. Tu sais bien les planeurs de cuivre?

— Non, *je ne sais pas.*

— Les planeurs, maman, ce sont ceux qui prépa-
rent les planches à graver, qui les étendent sous le
marteau et qui les rendent aussi polies qu'un miroir.
Eh bien! maman, ces gens *replanent* les vieux
cuivres; ce qui veut dire qu'ils peuvent enlever toute
la gravure. Cela ne se fait pas sans amincir beaucoup

la planche, tu comprends, puisqu'ils ôtent tout ce qui a été creusé par l'eau-forte et par le burin. Eh bien! maman, ce qu'ils font pour toute la planche, ils peuvent le faire pour quelques parties, surtout quand il s'agit des fonds ou des têtes qui ne sont jamais gravés aussi en creux que le reste. Mais tu devines bien qu'ils n'enlèvent pas absolument tout; ils n'ôtent que la surface, que ce qui a été gâté par des rayures faites en tous sens, comme il est arrivé à la planche d'avant-hier en tombant. Quand le planeur, qui doit être bien adroit pour faire comme il faut un travail si difficile, aura rendu la planche, M. Derbigny refera les fonds avec la pointe sèche et le burin. Et pour cela, maman, il faut de bons yeux, en outre de la loupe, et une main bien exercée, va!

—Il ne se servira donc pas d'eau-forte cette fois?

—Comment veux-tu, maman qu'il s'en serve! Tu sais bien comment le cuivre est préparé pour graver à l'eau-forte?

—Je sais seulement qu'il est enduit d'un vernis noir; mais j'ignore ce que c'est que ce vernis et de quelle manière on emploie l'eau-forte. Mon graveur, à moi, est un homme *mystérieux;* il m'a annoncé que je n'apprendrais qu'à la fin de *mon temps* les *secrets* du métier.

— Moi, je vais te les dire, maman; écoute bien. Chez M. Derbigny on ne fait mystère de rien, et je serais déjà capable de te vernir tes cuivres si tu travaillais à la maison. On fait chauffer la planche tout doucement, et puis on l'essuie bien; on la remet ensuite sur le feu et l'on commence à la couvrir de vernis. Ce vernis, je ne sais pas avec quoi il est fait;

c'est une boule dure qu'on enveloppe dans deux
taffetas et qu'on noue, comme tu noues le bleu dont
tu te sers pour mettre le linge au bleu; cela, c'est la
poupée au vernis. On a une autre *poupée*, aussi en
soie, mais qui ne renferme que du coton; avec celle-
là on tamponne sur la planche, ce qui étend bien le
vernis. Après cela, il faut noircir : on a des *flam-
beaux* pour noircir, ou plutôt des torches de cire qui
donnent beaucoup de fumée. Avec une grosse tenaille
de fer, qu'on appelle *un étau*, on tient la planche
comme cela en l'air, et le flambeau comme cela en
dessous.

Léon prit une assiette sur la table, la tint élevée à
une certaine hauteur, et, passant au-dessous la
chandelle allumée, il montra à sa mère de quelle
manière, en agitant la chandelle, on lui fait produire
beaucoup de fumée, et comment cette fumée, bien
dirigée, noircit également partout.

— Vois-tu, maman, lorsque le vernis a été bien
étendu, la planche ne devient pas d'un noir mat et
inégal; mais elle est partout d'un brun rouge, chaud,
comme transparent et brillant par l'effet du cuivre
qui est en dessous.

— Je sais que M. Lenoir met beaucoup d'amour-
propre à vernir parfaitement ses cuivres.

— C'est qu'on n'y réussit qu'avec beaucoup d'attention et de soin, et c'est bien important; autrement
le vernis *crève*, et l'eau-forte gâte tout. Maman, tu
fais des calques, n'est-ce pas?

— Oui; nous calquons les dessins sur du papier
végétal.

— Oui, et puis vous êtes obligés de repasser sur

tous les traits pour voir le *décalque* sur le cuivre.
Nous faisons mieux que cela *chez nous,* parce que ce
sont de belles choses que *nous* gravons. On calque
sur du papier-vitre avec une pointe bien aiguisée;
cette pointe fait comme le burin, vois-tu, elle creuse
et elle enlève de petits copeaux de papier-vitre, tandis que le burin enlève sur la planche de petits
copeaux de cuivre. On passe ensuite le brunissoir,
pour que les bords du trait ne soient pas *tranchants;*
on couvre alors son calque de mine de plomb en
poudre, mêlée de sanguine aussi en poudre; et puis,
après l'avoir bien essuyé, on le place sur le cuivre,
et on l'y attache, du côté gravé, par les quatre coins,
avec un peu de cire jaune; ensuite on frotte tout doucement par-derrière avec le brunissoir, et le *décalque*
est fait; et l'on a, sur le cuivre vernis, le trait du
dessin à graver.

— Mais on l'a *renversé,* c'est-à-dire que ce qui
est à droite dans le dessin se trouve à gauche sur le
cuivre?

— *Et vice versa,* oui, maman; et voilà pourquoi les
graveurs ont à côté d'eux un petit miroir, dans lequel
ils regardent leur modèle, afin de le voir aussi *renversé.* Il n'y a que pour les nouvelles gravures qu'on
ne prend point garde à cela; et alors il arrive, quand
le tirage est fait, que les guerriers tiennent leur sabre
de la main gauche et les rênes de leurs chevaux de la
main droite, ce qui est un *contre-sens* ridicule. Tu
comprends, maman?

— Oui, je comprends. C'est comme pour les
caractères d'impression et pour les caractères gravés;
ils doivent se présenter, dans les formes ou sur la

planche à *rebours*, afin qu'au *tirage* ils viennent dans le sens où ils doivent se présenter pour être lisibles.

— C'est cela même. Puisque tu graves à l'eau-forte, maman, tu sais comment on creuse les traits du décalque avec des pointes plus ou moins grosses, qui enlèvent le vernis noir, et quelquefois le cuivre, partout où elles passent?

— Mais on n'emploie pas d'eau-forte pour faire ce trait?

— Attends donc, maman, et tu vas voir! Lorsque, avec la pointe, on a ainsi découvert le cuivre partout où il faut, on met l'eau-forte. Pour cela, on entoure la planche d'un gros rouleau de cire jaune, qu'on fixe tout autour avec le pouce, de façon que l'eau-forte ne puisse pas s'échapper. C'est alors, qu'on couvre toute la planche d'eau-forte, en prenant bien garde d'en jeter sur ses habits et sur ses mains. L'eau-forte, vois-tu, c'est de l'acide nitrique qui brûle comme le feu. Quand cela commence à *mordre*, tous les traits de la gravure se couvrent de *bouillons* verts, qu'on efface bien légèrement avec la barbe d'une plume; ensuite on lave à grande eau, et puis on nettoie la planche avec de l'essence de térébenthine et un chiffon. Voilà, maman, ce qu'on appelle *graver à l'eau-forte;* c'est le trait qu'on fait et qu'on met un peu *à l'effet.*

— Tes explications me prouvent que tu as bien regardé.

— Oh! je t'en réponds! M. Derbigny, qui ne fait pas *le mystérieux,* lui, récompense ses bons élèves en leur faisant vernir ses cuivres et surveiller l'eau-forte, afin, dit-il, qu'ils aient bien le métier au bout des doigts quand viendra le temps où ils graveront à leur tour.

— D'après ce que tu viens de me dire, et ce que j'ai pu entrevoir de la gravure en *taille-douce*, je comprends qu'en effet M. Derbigny ne peut se servir d'eau-forte pour réparer sa planche.

— Non, maman, il ne peut se servir que du burin. Il faut que je te dise encore une chose; c'est que, pour être bon graveur à l'eau-forte, on doit d'abord savoir bien dessiner, et alors on est artiste, là, ce qui s'appelle artiste. On ne s'embarrasse pas alors si le dessin qu'on vous donne est bon ou mauvais; on est sûr de faire toujours une belle gravure, et de la préparer si bien pour le graveur de burin, qu'entre ses mains elle deviendra magnifique. Et lorsqu'à tout cela, maman, on joint le talent de savoir aussi manier le burin, oh! dame, alors, c'est pour le coup qu'on peut se regarder comme artiste achevé, ainsi que l'est M. Derbigny.

— Ainsi, tu penses qu'il y aura beaucoup à faire à cette planche?

— Je t'en réponds! et peut-être y paraîtra-t-il encore. Songe donc, maman, que tout le premier travail ne se trouvera pas enlevé; que M. Derbigny n'est plus maître de donner librement au paysage les effets qu'il voudra, puisque les devants sont faits, et qu'il ne pourrait les colorer davantage, si les fonds se trouvaient malgré lui plus colorés, sans faire ce que nous appelons du *charbon*. Oui, c'est un grand malheur!... Il y a dix-huit mois qu'il travaille à cette gravure, et la personne qui la lui a commandée va être de bien mauvaise humeur de ne point l'avoir cette semaine, ni l'autre peut-être. Qui sait si cela ne lui fera pas perdre une bonne maison, une maison qui donne à travailler toute l'année!... Maman, je te promets de ne plus me fâcher quand on m'appellera le Monsieur, et de ne plus défier ceux qui m'accuseront de manquer de courage.

Madame de Mézières prenait plaisir à réunir les trois amis (page 277)

IX. — LES TROIS AMIS

Si madame de Mézières n'avait pas possédé toute la confiance de son fils, nul doute que les mauvais exemples, que les mauvais conseils ne l'eussent entraîné dans quelques extravagances qui lui auraient peut-être fait perdre, en grande partie du moins, ses droits à l'affection de M. Derbigny. Léon était étourdi, il aimait à rire, et quand il se livrait au jeu, c'était avec une espèce de passion; mais une minute de réflexion suffisait pour l'empêcher de faire quelque sottise, parce qu'alors se présentait la pensée de sa mère. « Que dirait-elle, si elle savait ce que j'ai fait, ou ce que je veux faire?... » Et une vive rougeur colorait les joues de l'enfant; et, le soir, il racontait toute sa journée, sans rien omettre. Sa mère seule avait le secret de le réconcilier avec lui-même. Elle

ne *grondait* pas; elle l'aidait à découvrir paisiblement le côté faible de ses raisonnements pour atté-
nuer ou pour excuser ce qui n'était pas excusable, et
si elle raillait, c'était seulement lorsqu'il se laissait
aller à quelqu'une de ces fanfaronnades auxquelles
les *artistes en herbe* sont tout aussi sujets que les
artistes faits.

— Défie-toi de l'amour-propre et de l'orgueil,
disait-elle souvent; ils rendent sots les gens d'esprit.

Madame de Mézières ne s'opposait pas à ce que
Léon formât des liaisons d'amitié; de cette amitié
que les années resserrent; plus tard, on ne la retrouve
nulle part, avec cette fraîcheur que lui donnent, dans
l'enfance ou l'adolescence, la candeur de l'âme,
l'inexpérience du monde, la croyance à ce qui est
beau, la foi en ce qui est durable.

Léon avait donc des *amis;* deux entre autres, dont
l'un, grave et réfléchi, était l'un des meilleurs élèves
de M. Derbigny; l'autre, au contraire, plein de pétu-
lance, ne travaillait que par boutade, ne rêvait que
peinture, école de Rome, renommée et gloire. L'ambition le dévorait, l'amour-propre le grandissait à ses
propres yeux; rien ne lui paraissait au-dessus de ses
forces, de son courage, et il voulait, par la suite
dépasser les Raphaël, les Michel-Ange, les David,
les Guérin, les Girodet. Leur renom l'*offusquait*,
disait-il. M. Derbigny riait et répondait :

— Travaille, mon garçon, travaille! Jusqu'à présent nous n'avons rien vu qui puisse nous faire croire
qu'Auguste Valence laissera un jour nos maîtres
bien loin en arrière !

Mais le travail était ce qui plaisait le moins à Auguste. Dès que M. Derbigny quittait l'atelier, il montait sur une table, et là, il improvisait des sujets à mettre au concours, ou bien il critiquait impitoyablement les tableaux anciens et modernes les plus célèbres; ou bien encore, un journal à la main, il prouvait qu'elles étaient *payées* les louanges données aux Léopold Robert, aux Schœffer, aux Gudin, aux Vernet, aux Hersent, aux Ingres, enfin à tous les coryphées de l'école moderne.

— Auguste, disait parfois Léon, M. Derbigny va rentrer, et tu n'as rien fait!

— Je n'ai rien fait! tu vas voir! Est-ce que tu t'imagines que ma tête ne travaille pas tandis que je parle?

Et il courait à son carton. En quelques minutes, une pochade pleine d'esprit et de malice était sortie de son crayon agile. Tantôt c'était une *charge* à la manière de Callot, tantôt un groupe à l'imitation de Salvator Rosa, tantôt une scène romantique dans laquelle tout le ridicule du genre était rassemblé et rendu avec une rare finesse, et M. Derbigny disait :

— Ce gaillard-là, s'il voulait travailler! Il a du talent comme un diable! Mais son talent le conduira à l'hôpital... La paresse l'emporte surtout.

C'était vrai. Auguste croyait pouvoir être paresseux impunément. Son père, sans être riche, avait de quoi vivre, sinon grandement, du moins dans une certaine aisance; et Auguste prétendait que, quoi qu'en pût dire son père, la peinture ne devait et ne pouvait être pour lui qu'une source de gloire, et non pas un état. Un état, fi donc!

18

Si Léon avait voulu l'écouter, il n'aurait pas travaillé plus que lui.

— Tu es mon ami de cœur, disait-il, parce que tu as du talent. Tu seras ce que tu voudras; peintre d'histoire, paysagiste, peintre de marine, enfin ce que tu voudras, te dis-je. Aussi, je me désespère quand je te vois très joyeux de ce que M. Derbigny te permet de vernir ses cuivres. Travail de manœuvre, mon ami! Je t'attends à la gravure! C'est bien alors que ton génie se réveillera, et que tu enverras promener pointes et burins! Est-ce qu'avec cela on peut avoir de l'âme? Et tu as de l'âme; et avec ton âme tu irais te faire copiste des autres?

— Mais il faut vivre! disait à son tour le tranquille Hippolyte, autre ami *intime* de Léon, et dont les parents ne pouvaient fournir que bien juste aux besoins de leurs fils.

— Vivre! répétait Auguste! A-t-on besoin de tant de choses pour vivre? Du pain, de l'eau, et voilà!

— Je voudrais le voir à ce régime! s'écriaient plusieurs voix. Une légère rougeur colorait aussitôt les joues d'Auguste.

— J'aime les bons morceaux, c'est vrai, répondait-il d'un ton fanfaron, mais je sais m'en passer.....

— Et tu sais aussi passer aux autres ceux de tes déjeuners qui te déplaisent, pour avoir en échange leurs déjeuners qui te plaisent mieux...

— Ce qu'il y a de bon, ajoutaient d'autres voix, c'est qu'Auguste s'arrange toujours de manière à ne point perdre au change, bien au contraire!

— Il n'y a pas de mal à cela, répondait Auguste.

Un peu de savoir-faire ne nuit pas en ce monde.
D'ailleurs si je sais *troquer*, je sais aussi *donner*.

— Oh! pour cela, c'est vrai! s'écriait Léon.

— Voilà pourquoi je vous dis, ajoutait Auguste,
que je suis un véritable artiste. Demandez plutôt à
M. Derbigny si ce n'est pas ainsi qu'ils sont faits!

Madame de Mézières aimait les amis de son fils, et
particulièrement Hippolyte, dont le caractère doux
et dont la bonté de cœur étaient au-dessus de toute
expression. Cet enfant désirait ardemment de s'instruire : jusqu'alors son instruction avait dû se borner
à ce qu'on peut apprendre dans les écoles primaires,
d'où la nécessité de prendre un état fait sortir tant de
faux savants, tout prêts à s'en faire accroire avec
leurs parents; et ce désir, madame de Mézières le
secondait de tout son pouvoir. Elle avait engagé
Léon à donner à son ami le peu de connaissances
qu'il possédait; et l'envie d'être utile à Hippolyte
rendait Léon plus que jamais studieux. A la bonne
volonté, Hippolyte joignait une persévérance que
rien ne rebutait; Léon, de son côté, prétendait conserver la suprématie que lui assurait son titre de
professeur, et les deux enfants luttaient courageusement de travaux et d'études. Trois fois par semaine,
Hippolyte venait prendre une leçon de géographie
et d'histoire, et, trois fois par semaine, Léon et Hippolyte accompagnaient à l'Académie M. Derbigny.
Auguste y venait aussi très régulièrement.

De tous les jeunes gens admis à dessiner d'après le
modèle vivant, les trois amis étaient les plus jeunes.
La première fois même qu'on les avait vus paraître,
les boulettes d'argile, lancées de tous les points de

l'atelier par les sculpteurs et les modeleurs, étaient
venues s'aplatir dans leurs cheveux, sur leur papier
à dessiner, et faire tomber de leurs doigts le porte-
crayon. Auguste avait vigoureusement riposté à
l'attaque dont il avait été prévenu d'avance; lui
aussi, avait apporté plein ses poches de terre glaise;
jusqu'au pacifique Hippolyte s'était mis de la partie.
Mais du moment qu'on eut vu ce que ces trois *mar-
mots* étaient capables de faire, on les prit en amitié,
surtout Auguste. Ses pochades, ses caricatures si
originales, le rendaient l'objet de l'admiration générale, et Léon, excité par le désir d'obtenir aussi des
applaudissements, faisait à la dérobée, de son côté,
sur son garde-main, des caricatures et des pochades.
On se les passait en cachette, et l'on remarquait que
les productions de Léon, en ce genre, présentaient
un caractère particulier. Il y avait une *pensée* dans
tout ce qui sortait de son crayon; les scènes les plus
burlesques offraient un certain type qu'on ne trouvait pas dans les *bambochades* d'Auguste; cette différence tenait à l'éducation première : Auguste s'annonçait comme un franc vaurien, Léon comme un
garçon d'esprit, et M. Derbigny disait, en se frottant
les mains :

— Voilà deux lurons qui me feront bien de l'honneur chacun dans son genre! Et toi aussi, Hippolyte!
mais toi, ce sera comme graveur, et si tu continues à
travailler sans relâche, dans un ou deux ans d'ici
nous verrons si nous ne pourrons pas mettre à gauche de quelque vignette : *Hippolyte Garnier sculpsit*, avec l'accompagnement obligé de *Derbigny
direxit*.

— Et moi, Monsieur? s'écriait Léon.

— Oh! pour toi, mon garçon, cela viendra en son temps. Tu es plus jeune qu'Hippolyte et moins avancé que lui, quoique tu le sois beaucoup pour ton âge.

— Quant à moi, disait Auguste à son tour, je mettrai un jour au bas de quelque beau tableau : *Auguste Valence fecit*, ce qui vaut bien tous les *sculpsit* du monde.

— Fanfaron! répondait en riant M. Derbigny, prends garde de ne te distinguer en aucune façon! L'amour-propre n'est permis qu'autant qu'on a fait ses preuves et qu'on travaille!

Le dimanche, madame de Mézières prenait plaisir à réunir les trois amis à un petit dîner qu'elle avait la bonté de préparer de la veille, afin de pouvoir satisfaire le désir de son fils de passer au Louvre ou dans la galerie du Luxembourg la seule journée dont il pût disposer. Si Auguste avait quelque partie de plaisir qui lui convenait davantage, il venait dès le matin s'excuser; mais Hippolyte arrivait toujours à l'heure dite. Le repas se faisait gaîment au retour de la galerie; puis on allait à la promenade.

Quand il pleuvait, on restait à la maison, où l'on ne s'ennuyait pas grâce à la bonne mère. Elle trouvait toujours moyen d'amuser ou d'intéresser ses deux enfants, comme elle les appelait; et il n'est rien de plus facile que d'intéresser ou d'amuser des enfants ou des jeunes gens qui savent s'occuper : le changement seul d'occupation est pour eux un plaisir.

La vie des peintres, des graveurs et des sculpteurs

célèbres était la lecture ordinaire des soirées du dimanche. Pendant que madame de Mézières lisait haut, les deux amis s'exerçaient à composer, et leurs compositions commençaient à former une suite de tableaux plus ou moins gracieux ou terribles, depuis qu'ils avaient imaginé de représenter les principaux traits de la vie de ceux des artistes qu'ils préféraient.

Madame de Mézières, n'étant point une lectrice ordinaire, savait faire ressortir tout ce qui pouvait développer chez les deux enfants un amour plus éclairé de leur art, et la persévérance à surmonter par le travail les obstacles en apparence les plus invincibles. Elle les aidait, par ses remarques, à acquérir quelque connaissance de ce monde, qui demeure trop souvent inconnu aux artistes, que lorsqu'ils s'y montrent, c'est parfois avec désavantage, à moins que le hasard ne les place de manière à ce que leur *étrangeté* ne paraisse pas trop *étrange*.

Ainsi passait le temps. Madame de Mézières avait réussi à le mettre pour elle-même tellement à profit, qu'en moins d'un an elle était parvenue à se faire un état qui lui rapportait assez pour qu'il lui fût possible, en conservant sa modeste chambre, ses meubles modestes et sa modeste toilette, de procurer à son fils quelques leçons particulières qui l'encourageaient du moins à l'étude. Dans les *grands jours,* on se permettrait le spectacle. M. Derbigny procurait de temps en temps des billets dont Hippolyte profitait avec son *inséparable,* et la vie coulait, pleine, heureuse, paisible, sans souci pour le présent, sans inquiétude de l'avenir. L'année suivante, Léon devait commencer à graver, du moins M. Derbigny

l'avait décidé ainsi; mais Léon en avait décidé autrement, et Hippolyte et lui préparaient, pour la fête de
leur maître chéri, une bien belle surprise.

— Qu'il sera content! disait Léon.

— Je l'espère, disait madame de Mézières.

— Il nous saura toujours gré de l'intention, ajoutait Hippolyte.

Et les deux amis se remettaient courageusement
au travail.

Tous deux avaient imaginé de copier en secret, et
dans les proportions de la vignette, deux tableaux à
l'huile de leur maître. Les dessins à la sépia étaient
passables; mais que seraient les deux gravures!

On ne le sut que trop tôt! Les épreuves arrivèrent
de chez l'imprimeur, et alors on vit qu'on ne *savait*
pas graver encore.

Les deux artistes prétendaient détruire à l'instant
leurs chefs-d'œuvre; madame de Mézières s'y opposa
et exigea que ce premier essai fût présenté à M. Derbigny. Il fallut s'y résigner, mais à regret; car on était
sûr de recevoir plus de critiques fondées que de
louanges de la part des condisciples qui seraient
bien aises de trouver cette occasion de se venger des
succès de toute l'année.

Eugène vint en effet le lendemain (page 287)

X. — Mauvais cœur et mauvaise tête

La fête de M. Derbigny en était une véritable pour ses élèves. Il n'acceptait jamais autre chose que des bouquets, et il donnait un dîner suivi d'un bal sans cérémonie, mais que la gaîté animait toujours. L'atelier, transformé en salle de danse, était décoré, par les élèves, de guirlandes de feuillages et de fleurs; eux-mêmes suspendaient dans des couronnes les dessins, les gravures, les tableaux qu'ils avaient faits en secret pour ce grand jour, seuls présents que M. Derbigny regardât comme dignes de lui.

Ce jour-là, il évitait de troubler, par des critiques, la joie de tous ceux qu'il appelait ses enfants : toujours elles étaient réservées pour le lendemain, et toujours elles étaient publiques. M. Derbigny jugeait cette publicité nécessaire pour empêcher les fumées de l'amour-propre de monter au cerveau et d'amener des *vantardises* qui conduisent tout naturellement au mensonge.

Ce moment, attendu avec impatience et crainte, arriva pour Léon et Hippolyte; quant à Auguste, il n'éprouvait pas la moindre inquiétude; sa première esquisse à l'huile lui paraissait être un chef-d'œuvre.

— Mes chers enfants, dit M. Derbigny aux trois amis qui se pressaient autour de lui, vous avez eu des intentions excellentes dont je vous applaudis, en même temps que je vous remercie d'avoir choisi mes ouvrages pour sujet de vos essais. Seulement, ce que je ne peux vous pardonner, c'est de m'avoir prêté des fautes de dessins que je n'ai point faites et dont je suis incapable.

Alors commença cette critique juste et franche de l'ensemble, des détails, des effets, dont M. Derbigny n'était point prodigue et dont ses élèves profitaient selon leurs moyens. Quelques éloges s'y mêlaient : ils excitaient une joie vive qui colorait les joues en faisant battre le cœur; ils arrêtaient les larmes du dépit prêtes à couler; ils empêchaient les querelles, et chacun se remettait au travail mieux disposé à profiter du blâme, à mériter la louange

Léon et Hippolyte étaient si bien persuadés qu'ils n'avaient point fait de chefs-d'œuvre, il s'en fallait, que, sans murmurer, ils se soumirent à dessiner six mois encore avant d'oser songer à se voir admis au nombre des élèves graveurs. Il n'en fut pas de même d'Auguste. Révolté de ce qu'il appelait une *injustice*, il laissa percer son humeur, et, quelques jours après, M. Valence vint prévenir M. Derbigny qu'il allait placer son fils chez un peintre célèbre, parce que son fils était né pour faire un peintre et non pas un graveur.

— Il est né pour ne rien faire du tout, répondit M. Derbigny, à moins qu'il ne travaille davantage ailleurs qu'il n'a travaillé chez moi. Je regrette, Monsieur, de perdre un élève que j'aime et que je crois capable de devenir quelque chose quand il sera parvenu ? vaincre son amour-propre et sa paresse.

Le dimanche suivant, Auguste vint voir Léon. Il était dans un enchantement extraordinaire de son nouveau maître et de ses nouveaux camarades, et tous, assurait-il, portaient aux nues, non pas *ses dispositions*, mais *son talent ;* car il avait positivement un talent remarquable.

— Tu verras, ajouta-t-il d'un air capable, que je *sais dessiner*, quoi qu'en dise M. Derbigny ; et si tu veux, comme M. Collin me considère beaucoup, je te ferai entrer dans son atelier en dépit même de M. Derbigny.

— Je te remercie, répondit Léon, mais *il faut* que je sois graveur, tu le sais bien.

Auguste haussa les épaules et ne dit plus rien, parce que madame de Mézières entrait en ce moment ; devant elle, sa *faconde* disparaissait.

Peu à peu Auguste éloigna ses visites, et Léon éprouva ces premières douleurs d'une affection trompée qui se renouvellent si souvent dans la vie. Il aimait Auguste beaucoup plus qu'Hippolyte, quoique celui-ci méritât mieux son amitié et y répondit de toute son âme : mais Auguste était plus spirituel, plus aimable. Sa vivacité, ses défauts même lui don-

naient une originalité piquante et pleine de charme ;
il était facile de prévoir où tout cela le conduirait ;
mais Léon n'était pas encore arrivé au point d'aimer
ses amis pour eux-mêmes et non pour lui, ainsi que
le faisait Hippolyte, et, en secret, il pleura sur la
légèreté, sur l'abandon d'Auguste. Le temps s'écou-
lait cependant. Deux fois seulement madame de
Mézières avait eu, par le vieux Pierre, des nouvelles
de son beau-frère. Toujours dans le même état, M. de
Mézières végétait, à trente lieues de Paris, sans pensée, mais aussi sans souffrance ; madame de Nérac
régnait seule dans sa demeure. Quant à Eugène, il
avait oublié facilement sa tante et son cousin, et il
faisait des progrès rapides dans l'art de dresser des
chevaux et des chiens pour la chasse. Tout était
sacrifié à ce goût, ou plutôt à cette passion qui absorbait toutes ses facultés.

Plus heureuse, du moins sous le rapport des affections, du côté de sa famille que du côté de la famille
de son mari, madame de Mézières s'était vue approu-
vée et encouragée dans la résolution qu'elle avait
prise pour son fils. Elle ne s'était jamais plainte des
privations qu'elle avait dû si longtemps s'imposer ;
elle les avouait aujourd'hui, et elle disait à ceux de
ses parents qui venaient de temps en temps d'Orléans à Paris :

— Nous serons riches un jour ; vous verrez. Mais
Léon sait maintenant, par sa propre expérience,
qu'on peut être pauvre et cependant heureux, quand
on ne désire pas au delà de ce qu'on possède, et
quand la vie est remplie par des occupations chéries.

Léon n'était plus un enfant, il était jeune homme,

et enfin graveur, graveur en nom, mais toujours l'élève reconnaissant de M. Derbigny. Celui-ci lui avait conseillé de s'associer avec Hippolyte.

— A vous deux, disait-il, vous ferez des entreprises que chacun de vous ne pourrait pas exécuter seul. Toi, Léon, tu as un vrai talent pour la composition; empare-toi des dessins à faire, et donne la gravure à Hippolyte. Hippolyte possède cette touche fine et *mignarde* que nous n'estimons pas, nous autres artistes, mais qui plaît beaucoup plus au vulgaire qu'une touche large et ferme. Faites des vignettes, mes enfants, en attendant mieux. Sachez sacrifier quelquefois votre temps, pour multiplier les occasions de répandre vos deux noms chez les marchands, et le travail abondera. Mais si tu m'en crois, Léon, renonce sincèrement à la peinture. Ce n'est pas trop de la vie d'un homme pour porter son talent à la perfection. Quand on prétend se partager entre la gloire et le pain quotidien, on ne fait rien qui vaille, ni pour l'une ni pour l'autre.

Léon, toujours soumis à des conseils dont il avait reconnu la justesse, composait des vignettes quand on lui en demandait, gravait quand il n'avait pas de composition à faire, et ne se permettait de toucher à ses pinceaux que lorsque le dimanche il allait, avec Hippolyte, parcourir les environs de Paris. Il réussissait également bien au portrait et au paysage, et il travaillait avec une telle promptitude, que le soir il rapportait une ébauche à l'huile très avancée; bien peu de temps suffisait pour la terminer. Hippolyte lithographiait les petits tableaux de son ami; on vendait le mieux qu'on pouvait original et copie; et cet argent-là, qui n'entrait pas dans la masse commune, servait à donner aux deux jeunes gens le moyen de satisfaire leur fantaisies.

L'existence de Léon était douce, si douce, que chaque jour il bénissait sa mère de l'avoir préparé à la goûter, en l'aidant à dompter l'amour-propre, le désir de changer de place, l'ambition de s'*illustrer*, et chaque fois qu'il voyait Auguste, sa reconnaissance pour sa mère semblait augmenter.

—S'il avait eu une mère, disait Léon à madame de Mézières, et une mère comme la mienne, il ne serait pas aujourd'hui rongé par l'envie, dévoré par la soif de l'ambition ; et cette activité dont il est doué, retenue dans des bornes raisonnables par le travail, produirait de grandes choses!... ô ma mère! ma bonne mère!

Léon embrassait sa mère; il la priait de continuer à l'éclairer et de l'avertir sévèrement si les fumées de l'orgueil lui montaient à la tête.

—Car je veux être indépendant, ajoutait-il, indépendant surtout de cet amour-propre qui met la plupart de mes camarades dans la main du premier sot assez adroit pour les flatter. Ah! maman, combien y a-t-il parmi nous de corbeaux qui laissent tomber leur fromage!

— Et il ne manque probablement pas de renards pour s'en saisir? demandait madame de Mézières en riant.

— Non, maman, je t'assure.

Un soir, Léon rentra du spectacle plus tôt que de coutume. Sa mère travaillait en l'attendant; elle l'at-

tendait toujours, cette bonne mère, et jamais Léon
ne l'oubliait.

—Nous aurons une visite demain, lui dit-il. Devine
laquelle?

Madame de Mézières nomma plusieurs personnes;
Léon répondait à chaque nom :

— Tu ne devines pas. C'est Eugène, dit-il enfin.

— Comment! Eugène est ici?

—Oui, maman. Il s'ennuyait à la campagne; il est
venu s'ennuyer à Paris. Mon oncle est toujours dans
le même état; on le regarde comme désormais incu-
rable. Je n'ai pu avoir de détails; mais Eugène nous
en donnera demain.

Eugène vint en effet le lendemain dans la matinée.
Il se récria beaucoup sur la hauteur des cinq étages
qu'il lui avait fallu gravir, en disant qu'il ne concevait pas comment on pouvait imaginer de se loger
si haut.

— C'est pour avoir plus beau jour, répondit Léon
avec gaieté.

Ce fut vainement que madame de Mézières lui
adressa une foule de questions sur son père. Eugène
avait pour habitude de ne le voir qu'un instant chaque matin. Mais, en revanche, il se plaignit beaucoup de sa grand'mère. C'était pour *la fuir* qu'il
était venu à Paris, encore plus que pour assister aux
courses de chevaux; madame de Nérac l'aimait tant,
disait-il, qu'il y avait de quoi *se perdre*.

Les manières, le ton d'Eugène, offraient le singulier mélange de ceux d'un gentilhomme campagnard
et d'un apprenti *dandy*. Parfaitement amoureux de
lui-même, il ne concevait pas qu'on pût parler de

tout autre que de lui, si ce n'était de ses chevaux et
de sa meute. En s'en allant, il fit l'offre de sa bourse
à Léon, qui l'accompagna jusqu'à la porte de la
maison.

— A notre âge, dit-il, on a des besoins et des fantaisies que les gens d'un certain âge ne comprennent
plus, parce qu'ils sont à moitié *fossiles.*

— Ma mère me comprend toujours, répondit Léon
d'un ton sec. Nous sommes assez riches pour subvenir à nos besoins et pour satisfaire nos fantaisies.

— Vraiment! Eh bien! on vous croit là-bas dans
la misère. C'est donc un bon métier que celui de
graveur?

— Tant vaut l'homme, tant vaut la terre, répliqua
Léon. Tout est productif pour quiconque travaille et
sait borner ses désirs.

— Sois tranquille, reprit Eugène, ma très honorable grand'mère saura que vous êtes dans l'aisance, ce
qui la contrariera beaucoup; et j'ai grand plaisir à la
contrarier.

— Comment, Eugène, tu es à ce point ingrat envers une personne qui t'aime par-dessus tout?

— Je lui rends en détail toutes les tracasseries que
son amour despotique m'a fait subir. Rien n'est insupportable comme d'être aimé par une vieille
femme!

— Adieu, Eugène!

Et Léon rentra.

En montant l'escalier, il réfléchissait à ce qu'il
venait d'entendre. Eugène, dans son enfance, s'était
montré bon cependant... Qu'était-il aujourd'hui?
Léon n'osa répondre à cette question; mais il plai-

gnit madame de Nérac, et même il plaignit Eugène.
Un jour, Eugène serait malheureux; quand il aurait
perdu l'amour de *cette vieille femme* qui l'avait gâté,
personne ne l'aimerait, lui qui n'aimait personne,
pas même son père; et peut-il y avoir du bonheur
quand on n'aime pas et quand on n'est pas aimé?

Cette journée devait être féconde en sujets de réflexions.

Auguste vint à son tour dans l'après-midi. En entrant dans le modeste atelier où travaillaient les deux
amis, il se jeta sur une chaise et s'écria :

— Comptez donc sur l'amitié en ce monde! Mais
Bellechasse me le paiera! Je lui imprimerai à la joue
une tache qui ne peut se laver qu'avec du sang!

— Qu'y a-t-il donc? qu'est-il arrivé? demandèrent
ensemble Léon et Hippolyte; et tous deux jetèrent
burins et crayons.

— Ce qu'il y a? ce qui est arrivé? répéta Auguste;
et se levant brusquement, il se mit à aller et venir
avec vivacité.

— Il y a que Bellechasse est un misérable, et il est
arrivé qu'après m'avoir volé mes idées, il me vole le
prix et le voyage de Rome

— Ainsi, tu n'est pas couronné!

— Eh non! ventrebleu!... Le misérable!... j'étais
parvenu à connaître d'avance le sujet qui devait être
mis au concours. Quelque bien gardé que soit un
secret, on vient à bout de le découvrir quand on veut.
Je croyais Bellechasse mon ami. Sans lui dire quel
était le sujet, je lui parlai de celui que j'avais le projet
de traiter... Le misérable! il m'approuve, il me fait

19

parler, il s'empare de mes idées, les met à exécution... et il vole le prix; car c'est voler, cela!

— Son tableau est donc absolument pensé et distribué comme le tien?

— Pas du tout. C'est une misérable croûte qui n'a pas le sens commun, et il faut être *momies* comme ils le sont tous à l'Académie des beaux-arts, pour a voir couronné cette *guenille!*

Hippolyte se taisait. Il avait été à l'exposition des concurrents à l'école de Rome; il avait vu le tableau d'Auguste, celui de Bellechasse qu'il connaissait, et il avait, lui aussi, donné le prix au tableau qui venait d'être couronné.

Auguste parlait, parlait sans discontinuer avec l'emportement de la colère. Il ne s'apercevait pas que ce qu'il disait prouvait clairement que *son ami* ne lui avait rien *volé* du tout, et que s'il avait voulu travailler, son tableau, dont quelques parties seulement annonçaient du talent dans le peintre, aurait été distingué d'une manière honorable par l'Académie des beaux-arts.

— Je ne concours plus, dit-il enfin en élevant le ton. Tous ces concours n'ont été imaginés que dans le but de repousser quiconque a du talent et de favoriser quiconque n'en a pas. Qu'ils aillent se promener avec leurs couronnes et leur école de Rome! Les pensionnaires de l'État sont des gens mis à la diète, et l'on ne veut pas s'exposer à jeûner quand on a de quoi vivre!

Léon ne répondit pas. Tout était contradiction dans ce qui sortait des lèvres d'Auguste; c'est ce qui arrive toujours lorsqu'on cède à l'impulsion de l'amour-propre blessé, et lorsqu'on se laisse emporter par les divagations de la colère.

Ce ne fut pas sans peine que Léon parvint à obtenir d'Auguste la promesse de ne point insulter Bellechasse, et quand il se trouva seul avec Hippolyte, il garda longtemps le silence. Bien des pensées se présentaient à la fois à son esprit... Hippolyte aussi était rêveur...

A l'heure du dîner, les deux jeunes gens se séparèrent comme à l'ordinaire, mais auparavant ils s'embrassèrent cordialement.

— Reviens ce soir, dit Léon à son ami. Nous causerons avec ma mère.

— Je reviendrai, répondit Hippolyte. Et Léon, aussitôt après le dîner, s'enferma dans l'atelier, il avait besoin d'être seul et de s'examiner lui-même.

Madame de Mézières regardait ses deux enfants page 295;

XI. — POINT DE COURONNE

Autour de la table éclairée par une lampe, étaient placés Léon et Hippolyte; tous les deux dessinaient. Madame de Mézières, assise auprès des deux jeunes amis, avait à côté d'elle sa corbeille à ouvrage et sur la table un livre ouvert.

— Maman, dit Léon, avant de commencer la lecture, veux-tu que nous causions?

— Je le veux bien, répondit madame de Mézières; et elle prit son ouvrage.

— J'ai à la fois des aveux à faire et une question à adresser à Hippolyte. Hippolyte, je compte sur ta franchise, sur ta véracité; le puis-je?

— Tu le peux !

Et il tendit la main à son ami.

— En vérité, mon fils, tu m'effraies. Quel air solennel!

— Rassure-toi, ma mère; j'ose croire qu'à présent je peux parler, comme d'un mal passé sans retour, des combats qui ont eu lieu en moi... Ah! j'ai eu bien à faire pour résister!...

— Résister à quoi?

— A l'égoïsme, à l'amour-propre, qui menaçaient de faire de moi ce que sont aujourd'hui Eugène... et Auguste.

— Comment cela, mon fils?

— Tu n'as pas oublié, n'est-ce pas, mes premières couronnes, les seules que j'aie jamais eues, les seules que je veuille avoir jamais?

— Non, mon fils.

— Et moi non plus, ma mère, je ne les ai pas oubliées!... et je remercie le ciel d'avoir mêlé tant d'amertume à mes triomphes d'alors! Ces triomphes t'ont coûté des larmes de douleurs; ils ont excité l'envie, et l'envie a su appesantir sur toi les chaînes de la dépendance... Je te dis alors, ma mère, que je ne voulais plus de couronnes. En effet, je n'en ai plus voulu... Mais qu'il m'en a coûté!

— Comment, mon fils? s'écria madame de Mézières. Je ne te comprends pas; explique-toi.

— Ma mère, si, à cette époque, mon oncle et madame de Nérac n'eussent pas été... ce qu'ils furent pour moi, injustes au moins, l'amour-propre, l'orgueil se seraient emparés de mon cœur, de mon esprit... et m'auraient égaré. Cette modestie à laquelle tu m'invitais, je ne la sentais pas; cette heureuse organisation dont tu me parlais comme d'une chose

indépendante de nous, je m'en glorifiais... Enfin, ma
mère, il fallait la verge de fer du malheur pour dompter tout ce qui bouillonnait en moi de folles pensées,
d'ambition désordonnée... le malheur seul m'aurait
exaspéré peut-être... mais tu étais là... ton amour me
faisait un besoin d'être aimé; ta raison venait à l'ap-
pui de l'expérience récente que la supériorité de l'intelligence est un présent que le Ciel nous vend
chèrement, si nous ne le rachetons point par une
modestie réelle... et je travaillai à devenir modeste.
Le suis-je maintenant? Je n'en sais rien; mais du
moins j'ai su me défendre des tentations de l'amour-
propre. L'année dernière, M. Derbigny m'a excité à
concourir pour le prix de peinture; cette année, il
voulait que je concourusse pour le prix de gravure
en taille douce... ma mère, je ne l'ai pas voulu.

— Tu ne l'as pas voulu!... s'écrièrent ensemble
madame de Mézières et Hippolyte.

— J'ai senti dès lors, reprit Léon, que si je ne remportais pas ce prix, auquel M. Derbigny assurait que
j'avais tout droit de prétendre, le découragement
remplacerait le courage... Si je le remportais, au
contraire, il faudrait te quitter, abandonner un état
fait, un sort assuré... et Dieu seul peut savoir si la
fièvre de l'ambition ne m'aurait pas à jamais perdu!... Bien peu de chose eût suffi pour la rallumer...

— Mon fils! mon bon fils! dit madame de Mézières
en attirant à elle la tête de Léon et en couvrant ses
cheveux de baisers.

Léon répondit avec effusion aux caresses de sa
mère, se dégageant doucement, il tendit la main à
Hippolyte:

— Et toi, dit-il, toi, mon ami, mon frère, tu m'aurais peut-être moins aimé, car l'ambition trompée ou l'ambition satisfaite m'eût rendu insupportable aux autres comme à moi-même.

— Non, Léon! s'écria vivement Hippolyte, non, je ne puis le croire. En vain tu te calomnies; ta mère et moi nous connaissons la bonté de ton cœur; cette bonté qui t'a fait toujours pardonner par tous tes camarades la prédilection marquée de M. Derbigny pour toi. Cependant, puisque tu en as appelé à ma véracité, je dois te le dire, ton triomphe m'eût été glorieux et cher, et pourtant l'admiration que j'ai vouée à ton talent, en devenant plus grande, aurait peut-être refroidi mon affection pour toi, ou retenu du moins les expressions de l'amitié. Je vois ta supériorité, j'en suis fier, je voudrais que tous pussent la sentir comme je la sens... Mais, je l'avoue, un triomphe éclatant, sans éveiller chez moi l'envie, aurait fait peser sur mon cœur tout le poids de mon infériorité... ce poids que ta tendresse m'allége!

Les deux amis se jetèrent dans les bras l'un de l'autre.

Madame de Mézières, vivement émue, regardait ses deux enfants; elle ne trouvait pas de mots pour peindre le sentiment de joie intime et profonde qui remplissait son cœur.

— O ma mère! ô mon ami! dit Léon en les serrant étroitement dans ses bras, une couronne nous aurait-elle donné tout le bonheur que nous goûtons en ce moment? Non, point de couronne, mais du bonheur, rien que du bonheur! ce bonheur qui dépend des affections du cœur!

Léon de Mézières vit encore. Il a des fils; tous ne seront pas graveurs, mais tous apprendront de leur père à mériter l'estime, à éviter l'envie.

Eugène, qui se ruine en chevaux, en chiens, et qui laisse son père infirme manquer souvent du nécessaire, leur prouve que les sacrifices faits à l'égoïsme conduisent à l'oubli des devoirs les plus saints, et jamais au bonheur.

Auguste, qui ne sait qu'envier, haïr et se faire haïr lui-même, est, pour eux, la preuve vivante que les sacrifices faits à l'amour-propre livrent l'âme aux passions les plus basses, tandis que l'exemple de leur père et d'Hippolyte leur montre que les sacrifices offerts aux affections de famille et à l'amitié, portent des fruits si doux, qu'à chaque instant l'existence en est embellie, que l'infortune même s'en trouve adoucie, et que seuls ils donnent une félicité pure, à l'épreuve des événements et du temps.

FIN

TABLE

TABLE

LE JEUNE SCULPTEUR

I.	— Le petit berger.	9
II	— Le jeune mouleur.	17
III.	— Le talent.	27
IV.	— Le parrain.	35
V.	— La misère.	45
VI.	— La volonté.	55
VII.	— L'engouement.	65
VIII.	— Le lauréat.	75
IX.	— La patrie.	85
X.	— La vraie gloire.	95

LA JEUNE MUSICIENNE

I.	— La prospérité.	103
II.	— Un ami.	111
III.	— L'infortune.	121
IV.	— La tâche difficile.	131
V.	— Un beau jour.	139
VI.	— Le vrai courage.	149
VII.	— L'amour maternel.	159
VIII.	— Le Conservatoire.	169
IX.	— Le dévouement filial.	177
X.	— Les joies du triomphe.	187

LE JEUNE GRAVEUR

I. — L'arrivée. 197
II. — Les gâteaux. 205
III. — Les couronnes. 213
IV. — Les rêves. 223
V. — Un artiste. 231
VI. — Franchise et déloyauté. 239
VII. — Changement de condition. 251
VIII. — L'apprenti graveur. 259
IX. — Les trois amis. 271
X. — Mauvais cœur et mauvaise tête. 281
XI. — Point de couronne. 293

FIN DE LA TABLE.

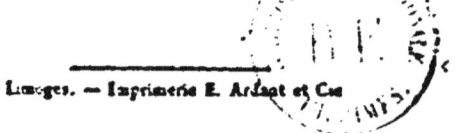

Limoges. — Imprimerie E. Ardant et Cie

www.ingramcontent.com/pod-product-compliance
Lightning Source LLC
Chambersburg PA
CBHW072122020726
47501CB00003B/938